Katharina Bendixen   Mein weißer Fuchs

Katharina Bendixen

Mein weißer Fuchs

Erzählungen

poetenladen

Inhalt

Mein weißer Fuchs *7*

Jannes Geschichte *17*

Wie ich mich rüste *27*

Ausgehverbot *35*

Die leeren Wochen des Sommers *43*

In festen Händen *53*

Wegen dieser Wut *61*

Der dritte Wolf *69*

Ein Herz vom Gipfel des Berges *77*

Die Jahre danach *87*

Boogie *95*

Mein weißer Fuchs

Ich bin froh, dass man mir im *Husky Outdoor Shop* eine Chance gegeben hat. Zwar teilt der Chef mich immer noch ganz hinten ein, beim Zubehör, wo die Sonne nur am Abend hingelangt. Hierher verlaufen sich wenige Kunden, auch deshalb arbeite ich hier – deshalb und wegen des Brandschutztors, das vom Kassenbereich aus heruntergefahren werden kann. Eigentlich ist es für Havarien gedacht. Ich weiß jedoch, meine Kollegen würden mit dem Schalter auch nicht zögern, wenn ich einen Anfall habe. Seit zweieinhalb Jahren hatte ich keinen Anfall. Es muss an der Arbeit liegen und daran, dass ich mich auch sonst nicht mehr sonderlich anstrengen muss. Wenn ich drei Jahre schaffe, komme ich zu den Funktionsjacken. Einstweilen staube ich Campingkocher ab, schiebe Entkeimungstabletten auf Kante und achte darauf, nicht zu häufig auf die Uhr zu schauen. Am besten gefallen mir die Becher, die man ganz flach zusammenfalten kann. Sie werden eher von Männern gekauft, manche von ihnen lassen nicht locker. Sie erzählen mir von ihrer letzten Tagestour, dann bringen sie die Sprache auf eine gemeinsame Wanderung oder zumindest auf einen Kaffee. Ich verweise auf meinen engen Dienstplan und suche mir etwas zum Sortieren. Ich darf mich nicht mit Männern treffen, im Grunde darf ich nicht einmal länger mit ihnen reden. Ich weiß immer noch nicht, warum ich diese Anfälle habe, mit einem Mann haben sie jedoch begonnen.

Ich war fünfundzwanzig, hatte mein Studium beendet und die Stelle bei den Stadtwerken angetreten. Mein damaliger Freund holte mich manchmal von der Arbeit ab. Wir sprachen vom ersten Kind, wir wollten endlich zusammenziehen. Noch nie war es so gut gelaufen, doch nachdem wir eine Wohnung gefunden hatten, spürte ich mich unruhig werden. Nachts lag ich wach, in meinen Tabellen machte ich Fehler, und wenn ich in den Spiegel schaute, blickte mich durch meine Augen etwas Fremdes an. Dass es ein weißer Fuchs ist, wusste ich noch nicht. Kurz bevor wir den Mietvertrag unterschreiben wollten, passierte es. Mein Freund wusch ab, wir planten gerade die neue Küche. Plötzlich straffte sich mein Körper, und als ich wieder zu mir kam, sah ich in das Gesicht meines Freundes. Es war weiß wie der Kühlschrank hinter ihm. Ich sah dieses weiße Gesicht, ich sah die Scherben auf dem Boden, und am nächsten Morgen hatte ich Muskelkater, als hätte ich einen Zweitausender bestiegen.

»Das ist also die berühmte Astronautennahrung.« Mein Bruder nimmt einen Riegel in die Hand. »Und der ersetzt eine ganze Mahlzeit?«

Wir wissen beide, dass er sich für Astronautennahrung nicht interessiert. Mein Bruder hat noch nie einen Fuß in einen Wanderschuh gesteckt, und ich würde nie in einem der Hotels übernachten, die er immer bucht. Schon als wir klein waren, haben wir uns für das Spielzeug des anderen nicht interessiert.

Mein Bruder hat Hunger, aber wir finden kein passendes Restaurant. Schließlich entscheiden wir uns für eine Pizzeria.

»Willst du wirklich in diesem Rucksackladen bleiben?«, fragt er. »Hast du dafür studiert?«

»Es macht mir Spaß, außerdem wandere ich ja auch gern.«

»Und dieser Arzt? Gehst du noch hin?«

Das fragt er immer und meint damit den Therapeuten, bei dem ich in Behandlung war. Nachdem die Ärzte nichts gefunden hatten, besorgte mein Freund mir dort ein paar Termine. Die letzten habe ich nicht mehr wahrgenommen. Mich irritierte, wie unbeirrt der Therapeut davon ausging, dass die Gegenwart mit der Vergangenheit verbunden ist.

»Keine Ahnung, warum die Eltern es dir nicht erzählen«, sagt mein Bruder, ohne von der Pizzakarte aufzusehen. »Mama hatte etwas Ähnliches. Manchmal passierte es mehrmals am Tag, an einen solchen Vorfall kann ich mich sogar erinnern. Erst als du kamst, wurde es seltener, und schließlich war es völlig weg.«

Auch davon fängt er fast immer an, und ich gebe mich jedes Mal dankbar für seine Offenheit. Allerdings bezweifle ich, dass es bei mir genauso ist. Es stimmt, dass die Anfälle nach der Trennung seltener wurden und schließlich ganz verschwunden sind. Doch der weiße Fuchs wohnt noch in mir, das weiß ich genau.

Dass es ein weißer Fuchs ist, hat mein damaliger Freund herausgefunden. Er vertiefte sich so sehr in meine Anfälle, dass er darüber seine Dissertation vernachlässigte. Ich war längst arbeitslos geworden. Meine Kollegen hatten Angst vor der Kraft, die der Fuchs entwickeln konnte, und nach der Probezeit musste ich gehen.

»Wir müssen deinen Fuchs kennenlernen«, sagte mein Freund damals. »Wir müssen alles über ihn wissen.«

»Meinen Fuchs?«

»Meistens sind es rote Füchse, viele sind freundlich. Wenn man sie darum bittet, verschwinden sie. Oder man muss ihre Wünsche erfüllen, sie wünschen sich zum Beispiel Geld oder Schmuck.«

»Aber es gibt auch andere?«

»Die anderen«, sagte mein Freund, »haben ein weißes Fell und unerfüllbare Wünsche.«

Mein Freund beobachtete genau, was passierte, wenn ich wegtrat. Sogar filmen wollte er mich, aber das verbot ich ihm. Ich wusste, dass es ihm schwerfiel zuzusehen, wie ich mich auf dem Boden wand und schrie. Er stand Todesängste dabei aus, das sagte er selbst. Erst später ist mir aufgegangen, dass wir uns nicht unbedingt wegen meiner Anfälle getrennt haben, sondern aus einem anderen Grund: Im Gegensatz zu mir fürchtete mein Freund den Tod und nicht das Leben.

»Es ist ein weißer Fuchs«, sagte er nach einer Weile. »Was er sich wünscht, das kannst du nicht erfüllen. Vielleicht ändert sich etwas, wenn du seinen Wunsch erfährst.«

Ich wollte meinen weißen Fuchs und seinen Wunsch aber nicht kennenlernen. Am Muskelkater konnte ich abschätzen, wie sehr ich gewütet hatte, und ich machte es mir zur Gewohnheit, oft zur

Uhr zu schauen. Länger als fünfzehn Minuten dauerten meine Anfälle nie. Das zu wissen reichte mir, und darüber gerieten mein Freund und ich in Streit. An einem Abend hielt er mir kurzerhand sein Handy vors Gesicht und drückte auf PLAY. Gerade noch rechtzeitig schloss ich die Augen, und was ich mich mit einer ungewöhnlich tiefen Stimme schreien hörte, vergaß ich sofort wieder. In dieser Nacht trennte ich mich von meinem Freund. Ein paar Monate verließ ich meine Wohnung nur, um in den Supermarkt zu gehen. Dann war mein Konto leer, und ich fing im *Husky* an.

Wegen einer Kehlkopfentzündung kann ich fast zwei Wochen nicht reden. Als ich wiederkomme, heißt es im *Husky*, ich hätte einen Rückfall gehabt. Stefan verteidigt mich gegen die Gerüchte, bei Marie wird er sogar laut. Wenn Stefan Schichtleiter ist, darf ich stundenweise zu den Rucksäcken. Er dreht das so, als gäbe es keine andere Möglichkeit, beispielsweise indem er Marie das Lager aufräumen lässt. Bei den Rucksäcken muss immer jemand stehen. Nicht jeder ist gesichert, denn die Klemmen hinterlassen Löcher im Superpolytex, und die Kunden stellen hier die meisten Fragen. Ich berate einen Mann in meinem Alter, der auf Wochentour in die Alpen gehen will. Was ich über Tragegefühl und Hitzestau erzähle, interessiert ihn nur am Rande. Ihm geht es eher um die Farbe, er entscheidet sich für grün. Als ich ihm zeige, wie er den Hüftgurt festziehen kann, komme ich ihm zu nahe. Schnell gebe ich den Rucksack an Stefan weiter und verschwinde im Zubehör. Mit dem Zeigefinger fahre ich über die scharfen Zacken eines Campingkochers. Ich möchte diese Arbeit nicht verlieren. Sie macht mir keinen großen Spaß, aber immerhin lässt sie die Zeit vergehen.

In der Pause ertappt mich Stefan vor dem Spiegel.

»Alles in Ordnung?«, fragt er. »Hast du später schon was vor?«

»So einiges, tut mir leid.«

Zu Hause telefoniere ich mit meinem Bruder. Er ist von Gran Canaria zurück, wo es sonnig war, sagt er, und der Hotelpool war diesmal groß genug, nur das Wasser darin war zu warm. Gemeinsam machen wir uns über Stefans Flirtversuche lustig. Noch während wir lachen, merke ich, dass ich seine Einladung annehmen sollte. Ich muss es wenigstens probieren.

Nachdem wir aufgelegt haben, schaue ich schon wieder in den Spiegel. Nicht zum ersten Mal denke ich, dass ich in Wirklichkeit die andere bin. Ich denke, das hier – meine Wohnung, dieses Telefonat, der *Husky* –, das alles muss ein Anfall sein, ein Anfall, der nicht enden will, und das richtige Leben ist auf der anderen Seite, dort, wo meine Glieder zucken und ich schreie oder heule oder vier Sprachen beherrsche, oder was immer ich dort tue.

Vorsichtshalber nehme ich Marie mit, als Stefan und ich ausgehen, und Stefan hat einen Freund dabei. Vom *Husky* laufen wir in Richtung Südstadt. Schon wieder will Stefan wissen, wo ich gearbeitet habe, ehe ich im *Husky* anfing. Schon wieder will er wissen, warum ich nicht mehr bei den Stadtwerken bin, und wie immer vermutet er, dass es an meiner Einsilbigkeit liegt. Endlich finden wir ein passendes Lokal. Heute wird es wieder passieren, denkt etwas in mir. Das ist schade, bald hätte ich die drei Jahre geschafft.

»Jetzt ist Schluss mit diesen Fragen«, sage ich.

»Sie hat recht«, sagt Stefans Freund. Er heißt Manuel, mir gefällt seine weiche Stimme. »Was spielt das alles für eine Rolle?«

Als das Essen kommt, hört Stefan wirklich auf mit seiner Fragerei. Manuel hat die *Brotzeit* gewählt, das finde ich sympathisch. Er lässt sich von Stefan überreden, ein Kunststück vorzuführen. Manuel ist Comedian, das kann ich kaum glauben. Sein Löffeltrick bringt selbst den Nachbartisch zum Lachen. Eigentlich, sagt er, arbeitet er eher mit kleinen Geschichten, in einer winzigen Bar nicht weit von hier.

»Erzählt ihm was Lustiges«, sagt Stefan. »Das baut er in sein Programm ein.«

Jetzt sage ich gar nichts mehr, dafür legt Marie sich ins Zeug. Sie erzählt, dass sie sich als Schülerin für ihre gesunden Brote immer schämte und neidisch auf die weichen Schokobrötchen ihrer Freundinnen war. Und heute gibt sie ihrer Tochter die gleichen Vollkornbrote mit, sagt sie und fragt uns, warum die Menschen nicht einmal die einfachsten Dinge lernen. Sie bestellt schon den nächsten Cocktail, Stefan und sie scherzen mit dem Kellner. Ich beobachte aus dem Augenwinkel, wie Manuel seinen Löffel in eine Serviette wickelt und ihn in meine Manteltasche steckt.

Zum Glück passiert es erst zu Hause. Mein Körper strafft sich schon im Flur, und als ich wieder zu mir komme, liege ich in der Küche. Zuletzt habe ich unten vor dem Haus auf die Uhr geschaut, seitdem sind sieben Minuten vergangen. Im Mund spüre ich Blut, zwischen meinen Zähnen steckt Manuels Löffel. Im Flur finde ich die Serviette, darauf steht eine Telefonnummer.

Wahrscheinlich sollte ich froh sein, dass Manuel mir eine Chance gibt. Ich rufe ihn nicht an, nach drei Wochen kommt er in den *Husky*. Kurz darauf werde ich entlassen. Nachdem meinetwegen das Brandschutztor zum dritten Mal heruntergefahren werden muss, kann auch Stefan nichts mehr für mich tun.

»Denkst du«, fragt Marie, »die Kunden wollen hören, wie sich eine erwachsene Frau auf dem Boden wälzt und dabei schreit, dass sie …«

»Hör auf! Ich will es nicht wissen.«

»Siehst du? Wir auch nicht.«

Manuel und ich gehen wandern, wir sitzen am Fluss, wir essen Pizza. Er stellt mir nur wenige Fragen, und obwohl es mich interessiert, frage auch ich ihn nicht, wie er ausgerechnet Comedian geworden ist und was er davor gemacht hat. Es vergehen einige Wochen, bis wir miteinander schlafen, danach trete ich noch häufiger weg. Manuel sagt, meine Anfälle jagen ihm keine Angst ein, sie stören ihn nicht einmal. Er hat vor anderen Sachen Angst, sagt er, vor den langen Rolltreppen in Kaufhäusern oder vor den Funktionsjacken im *Husky*, in denen man angeblich Gletscherwanderungen absolvieren kann.

Manuel redet bald von einem Kind. Dass meine Mutter nach der zweiten Schwangerschaft genesen ist, spielt für ihn dabei keine Rolle. Manuel scheint tatsächlich ein Kind mit mir zu wollen, das sollte mich eigentlich zweifeln lassen. Allerdings spricht für ihn, dass er mit meinem Bruder nicht viel anzufangen weiß. Er würde das nicht zugeben, aber ich spüre, dass er sich in dessen Gegenwart genauso bemühen muss wie ich.

Nach ein paar guten Besprechungen wechselt Manuel in eine größere Bar. Er will wissen, ob er meine Anfälle verwenden darf.

»Auf der Bühne?«, frage ich.

»Warum nicht?«

»Sind sie denn lustig?«

»Eigentlich will ich gar nicht lustig sein. Ich weiß selbst nicht, warum die Leute immer lachen.«

Bisher habe ich keinen seiner Auftritte gesehen. Nie habe ich nach einer Eintrittskarte gefragt, und Manuel hat mir keine gegeben. Diesmal finde ich eine in meiner Manteltasche, es scheint ihm also wichtig zu sein. Die meisten Besucher geben ihre Jacken an der Garderobe ab, ich behalte meinen Mantel lieber an. Die Vorstellung ist fast ausverkauft, der Abend wurde wieder gut besprochen. Obwohl meine Karte für die zweite Reihe gilt, setze ich mich weiter hinten an den Rand. Wie durch ein Wunder beansprucht niemand diesen Platz.

Ich weiß nicht, warum ich immer dachte, dass Manuel auf der Bühne wie ein Clown gekleidet ist oder zumindest eine gepunktete Krawatte trägt. Es erschreckt mich, wie verletzlich er in dem weißen T-Shirt wirkt, in dem er eben noch am Küchentisch gesessen hat. Die Zuschauer lachen, noch bevor Manuel etwas sagen kann, und kaum ist es still, fängt er mit seiner weichen Stimme an zu reden. Er erzählt von einer Frau, die sich nichts mehr wünscht als ein echtes Herz, eines, das nicht so schrecklich kalt und langsam in ihrer Brust tickt, und er erzählt von dem traurigen Mann, den sie eines Tages trifft. Ich halte mich an den Armlehnen fest und blicke alle dreißig Sekunden zur Uhr. Mir ist warm in meinem Mantel, aber vielleicht bleibe ich noch ein paar Minuten sitzen.

Jannes Geschichte

Ich lernte Janne in der Zeit kennen, als ich mich gerade wieder meinen Eltern zu nähern versuchte. Janne war die Fachbereichsleiterin an der Schule, an der ich meine erste feste Stelle antrat. Sie zeigte mir die Räume und teilte mir die Klassen zu, zwei nette und eine, die sich im Laufe des Schuljahrs als ziemlich schlimm entpuppte. Janne und ich wohnten im selben Viertel, und wenn sie nach der letzten Stunde nicht noch Arbeitsblätter kopieren oder eine Sitzung vorbereiten musste, nahm sie mich im Auto mit. Janne fuhr schwungvoll, fast unkonzentriert, und dass ich, wenn ich in einer Klasse nicht weiter wusste, in meinen Seminarmitschriften las, brachte sie zum Lachen.

Es war Herbst, und zum ersten Mal hatte ich das Gefühl, mein Leben nicht nur halbwegs zu bewältigen. In meiner Straße wurde eine kleine Wohnung frei, und ich verließ endlich meine Wohngemeinschaft. Ich kaufte mir ein neues Fahrrad und registrierte mich bei einem Datingportal. Schon in den ersten Stunden schrieben mich sieben Männer an. Mit einem ging ich zu einem Konzert, danach tranken wir Wein in einem Lokal, das meine Eltern gern besuchten. Es war gar nicht so geschmacklos, wie ich befürchtet hatte. Ich wünschte mir, dass sie, wenn sie essen gingen, tatsächlich miteinander redeten. Mit mir sprachen sie seit Jahren nur noch über ihre nächste Reise oder den letzten Termin im Autohaus. Ich gab mir bei unseren Treffen neuerdings wieder mehr Mühe. Ich erzählte von dem Konzert, bei dem ich gewesen war, und von meinem letzten Freund, der neulich im Supermarkt an mir vorbeigesehen hatte. Ich sagte sogar, dass ich mir Kinder wünschte und manchmal befürchtete, es würde nicht mehr klappen, und ließ mich nicht davon verletzen, dass sie selbst darüber hinweggingen.

Kurz nach dem Jahreswechsel schneite es, und während Janne und ich im Stau standen, kamen wir auf Weihnachten zu sprechen. Ich war erstaunt zu hören, dass auch sie mit ihren Eltern gefeiert hatte. Ich wusste, dass sie weder Mann noch Kinder hatte, aber ich hatte sie mir eher mit vielen Freunden in einem verschneiten Ferienhaus vorgestellt.

»Jedes Jahr kommt mein Vater mit einem neuen Familiengeheimnis um die Ecke«, sagte Janne. »Weißt du, was er diesmal erzählt hat? Angeblich hat er einen Halbbruder, den seine Mutter kurz nach der Geburt weggegeben hat. Als er damals ihren Haushalt auflöste, hat er die Geburtsurkunde gefunden.«

»Du hast da draußen einen Onkel? Willst du ihn suchen?«

»Darüber habe ich noch gar nicht nachgedacht. Du hast recht, ich könnte ihn suchen. Wo fängt man da an? Viel mehr als das Geburtsjahr hat mein Vater sich nicht gemerkt.«

»Vielleicht auf den Standesämtern?«

In den folgenden Wochen bekam ich Probleme mit einem

Jungen aus der schlimmen Klasse. Angeblich benotete ich ihn zu schlecht, das Gegenteil zu beweisen war schwer. Seine Eltern kamen in meine Sprechstunde, sie riefen mich an, ich glaubte sie sogar vor meiner Haustür zu sehen. Janne stellte sich auf meine Seite, und wir redeten nur noch über unser Vorgehen und ähnliche Fälle aus den vergangenen Jahren. Auch davon erzählte ich meinen Eltern, und sie erkundigten sich, was der Direktor dazu sagte. Es war nicht unbedingt die Art von Fragen, die ich mir wünschte, aber immerhin hatten sie überhaupt eine Frage gestellt.

Im Frühling wurde mir die Arbeit an der Schule zur Routine, mein Fahrrad wurde geklaut, und ich wurde von einem ehemaligen Kommilitonen zum Tee eingeladen. Bei der Notenkonferenz vor den Sommerferien verwechselte Janne zwei Klassen, und der Fachbereich redete mehrere Minuten aneinander vorbei. Solche Fehler unterliefen Janne sonst nicht, und nach der Konferenz trödelte ich mit meinen Unterlagen. Als die anderen verschwunden waren, musste ich Janne gar nicht erst fragen. Sie holte schon eine Zeitschrift heraus, schlug das Foto eines bärtigen Mannes auf und verdeckte dessen Augenpartie mit dem Zeigefinger.

»Erkennst du die Ähnlichkeit?« Sie gab sich Mühe, die Lippen auf dieselbe Weise wie der Mann aufeinanderzupressen. Es handelte sich um einen Vorstandsvorsitzenden, und ich erkannte keine Ähnlichkeit.

»Hier ist noch eines.« Janne nahm eine zweite Zeitschrift hervor. Diesmal trug der Mann keinen Bart, und sein Mund erinnerte mich entfernt an Jannes Mund.

»Du hast mich da auf eine richtig spannende Idee gebracht«, sagte Janne. »Die Standesämter konnten mir nicht helfen, aber auf diese Weise klappt es bestimmt. Vielleicht kommst du in den Ferien mal vorbei? Dann zeige ich dir noch mehr Fotos.«

In diesem Sommer war die Stadt heiß und leer, und ich hatte keinen Urlaub gebucht. In meiner neuen Wohnung war noch einiges zu tun, und manchmal begleitete ich meine Eltern auf ihre Ausflüge. Wir schauten uns Kirchen an und liefen durch Parkanlagen, und sie kamen tatsächlich auf die Sache mit dem Jungen zurück. Mein Vater erzählte von seinem ersten Vorgesetzten, der ihn bei einer ähnlich unschönen Sache alles andere als in Schutz genommen hatte, und meine Mutter sagte, dass sie genau wie Janne auf meiner Seite stand. An den Abenden traf ich mich mit zwei verschiedenen Männern. Ich wusste nicht, ob es an den Männern lag oder daran, dass ich mich mit beiden traf – jedenfalls funkte es auf keiner der drei Seiten. Der eine Mann gab das von sich aus zu, der andere versetzte mich bei unserer dritten Verabredung. Ich saß vor meinem Wein und hatte plötzlich Angst, von meinen Eltern entdeckt zu werden. Auf keinen Fall durften sie herausfinden, dass ihre Tochter versetzt wurde.

Immer wieder ging ich durch Jannes Straße. Etwas hielt mich davon ab, bei ihr zu klingeln. Als ich sie in der letzten Ferienwoche endlich besuchte, sah ich, dass mein Gefühl mich nicht getrogen hatte. Jedes Möbelstück im Wohnzimmer war mit Zeitungsschnipseln und Fotos, mit Briefen und Postkarten bedeckt. Das hier war etwas, was mit den langen Ferien, mit dem Sommer, mit der Stadt da draußen nichts zu tun hatte.

Janne missverstand meinen Schreck. »Ich weiß, ich muss endlich Ordnung schaffen. Aber ich bin über die Ferien wirklich gut vorangekommen.«

Sie zeigte mir Fotos von Männern, bei denen sie schon wusste, dass es sich nicht um ihren Onkel handeln konnte.

»Hast du denen geschrieben?«, fragte ich.

»Oder angerufen. Warum nicht?«

»Was fragst du sie am Telefon?«

»Meine Eltern finden auch, dass ich damit wieder aufhören soll. Aber ich will unbedingt wissen, wer mein Onkel ist. Er gehört schließlich zur Familie. Außerdem hast du selbst gesagt, dass ich ihn suchen soll. Schau mal, die hier sind gerade am vielversprechendsten.«

Sie wies auf einen Papierstapel, der nicht sehr hoch war. Allerdings war er hoch genug, um meinen Schreck noch zu vergrößern. Ich lotste Janne auf den Balkon und lobte ihre Blumen, und als sie darauf nicht einging, fing ich von meiner schlimmen Klasse an.

Im neuen Schuljahr wollte ich Janne fragen, ob sie es mit der Suche nicht übertrieb, aber immer verpasste ich den richtigen Zeitpunkt. Ständig hatte sie neue Fotos dabei, sie wartete nach der Schule im Auto auf mich, wollte mich wieder zum Kaffee einladen. Manchmal zeigte sie mir Schnappschüsse, die sie im Stadtzentrum aufgenommen hatte. Der Mann, den ich gerade traf, lachte über Jannes Geschichte, er nannte sie eine *interessante Sozialstudie*. Bisher hatte ich mich nicht schlecht mit ihm verstanden, nach diesem Treffen meldete ich mich nicht mehr.

Weihnachten erzählte ich meinen Eltern von Jannes Onkel. Sie hörten sich alles an, und erst als ich sagte, dass ich mir Sorgen machte, wechselten sie das Thema.

»Was ist eigentlich bei der Sache mit dem Jungen herausgekommen?«, fragte mein Vater.

»Ich mache mir wirklich Sorgen«, sagte ich. »Als ich Janne kennengelernt habe, war sie total vernünftig, und jetzt hat sie den Boden völlig verloren.«

»Kommt sie ihren Pflichten nach?«, fragte meine Mutter.

»Meistens schon.«

»Du kannst erst zum Direktor gehen, wenn sie ihren Pflichten nicht mehr nachkommt«, sagte mein Vater.

»Es geht nicht um den Direktor. Es geht darum, dass ich mir Sorgen mache.«

»Ich würde sie jedenfalls nicht direkt darauf ansprechen«, sagte meine Mutter. »Geh lieber mit ihr ins Kino.«

»Genau«, sagte mein Vater. »Lenk sie ab, aber sprich sie nicht darauf an.«

»Würdet ihr euch keine Sorgen machen?«

»Wie lange kennst du sie überhaupt?«, fragte meine Mutter.

»Wir wollen auch nicht, dass sich bei uns jemand einmischt«, sagte mein Vater.

Ich spürte, wie mir kalt wurde. Ich schaute mir den Katalog eines Möbelhauses an, ich las mir die Route der Spanienreise durch. Dreimal las ich mir die Route durch, viermal, fünfmal, dann brachte meine Mutter die Festtagssuppe auf den Tisch.

Und ich mischte mich nicht ein. Ich mischte mich nicht ein, als Janne mir empört erzählte, wie wildfremde Menschen auf sie reagierten: Die meisten ignorierten sie, manche wurden aggressiv, einer drohte mit der Polizei. Ich mischte mich nicht ein, als Janne einen Privatdetektiv beauftragte, und ich mischte mich nicht ein, als der einen Mann ausfindig machte, der Jannes Onkel sein wollte. Zweimal ließ sich dieser Mann von Janne zum Essen einladen, danach meldete er sich nicht mehr.

Zum Halbjahr kam eine neue Schülerin in meine schlimme Klasse, mit der ich langsam besser zurechtkam. Es dauerte nur zwei Tage, bis Janne mich zur Seite nahm und flüsterte: »Der ist es! Ihr Vater ist mein Onkel.«

Ich mischte mich auch nicht ein, als Janne unbedingt zu meinem Elternabend kommen wollte. Sie gab es als Hospitation aus, und natürlich sprach sie den Vater an. Sein Blick wanderte zu mir, und mir fiel nichts anderes ein, als mit den Schultern zu zucken. Aus der Klassenliste suchte sie die Adresse heraus, und als sie mir den Brief an den Vater zeigte, fragte ich immerhin: »Hast du dich da nicht ein wenig verrannt?«

Es kamen Gerüchte auf: Jannes Vater sei schwer krank, Janne könne seit einer Frühgeburt nicht mehr schwanger werden, Janne habe als Studentin ihren Freund bei einem Autounfall verloren. Janne erzählte mir, dass der Vater der Schülerin sich gegen die Wahrheit wehre, so wie sich jeder gegen eine bittere Wahrheit wehrt. Von den anderen hörte ich, dass sich dieser Vater schon zum dritten Mal beim Direktor beschwert habe. Sie wollten von mir wissen, was mit Janne los war. In den Pausen hing sie nur noch am Handy, sie vergaß ihre Vertretungsstunden. Ich wollte jetzt wirklich mit ihr reden, aber bevor ich etwas sagen konnte, wurde sie suspendiert. Es war kurz vor den Sommerferien, und die Vertretung in ihren Klassen war nicht sehr aufwändig. Trotz dieser Geschichte war Janne mit dem Lehrplan gut vorangekommen, und in den letzten Tagen vor den Ferien war mit den Schülern ohnehin nicht mehr viel anzufangen.

In diesem Sommer war die Stadt kühler, und ich flog für eine Woche nach London. Auf der Karte, die ich an meine Eltern schrieb, stand im Grunde nichts, und den Kleiderschrank, den ich nach meiner Rückkehr kaufte, baute ich allein auf. Ich bekam die linke Tür nicht mehr aus ihrer schiefen Position, nach wenigen Tagen hatte ich mich daran gewöhnt. Ich achtete darauf, dass meine Wege mich nicht durch Jannes Straße führten. In der letzten Ferienwoche klingelte ich doch bei ihr. Diesmal war ihr Wohnzimmer aufgeräumt.

»Ich glaube, ich muss mich entschuldigen«, sagte sie. »Ich habe keine Ahnung, was in den letzten Monaten mit mir los war.«

Wir setzten uns auf den Balkon, und ich wollte schon von meinen Seminarmitschriften anfangen, die mir mittlerweile selbst lächerlich erschienen. Dann erzählte ich plötzlich von meinen ziellosen Spaziergängen durch London, ich erzählte, dass ich mich fast jeden Monat mit einem neuen Mann verabredete, dass diese Männer alle sehr freundlich waren und dass es mir doch niemals gelang, mich zu verlieben. Janne sagte dazu nichts. Als ich gehen wollte, kam sie noch einmal auf ihren Onkel zurück.

»Soll ich dir sagen, was ich nicht verstehe?«, fragte sie. »Warum du die ganze Zeit nur zugesehen hast. Hast du nicht gemerkt, wie sehr ich mich da reingesteigert habe?«

»Ich wollte mich nicht einmischen.«

»Wieso hast du mich nicht darauf angesprochen?«

»Ich habe dich darauf angesprochen.«

»Wann?«

»Kurz nach dem Elternabend.«

»Was hast du da gesagt?«

»Ob du dich vielleicht verrannt hast.« Ich sprach leise, weil ich selbst wusste, dass das zu wenig gewesen war.

Im neuen Schuljahr fing Janne in Teilzeit wieder an, den Fachbereich leitete jetzt Ulrika. Ulrika machte von Anfang an Fehler. Sie verteilte die Klassen ungerecht, sie beschränkte die Anzahl unserer Fotokopien, und als eine Kollegin Ärger mit einer Mutter bekam, stellte sie sich auf die Seite der Mutter. Wir waren alle froh, als Janne zum zweiten Halbjahr ihren Posten zurückbekam. Zuerst organisierte sie den Fachbereichsausflug. Mit dem Zug fuhren wir in ein Dorf, in dem wir erst eine Burg besichtigten und dann lange in einem Biergarten saßen. Auf der Rückfahrt ertappte ich Janne, wie sie auf einem Zeitschriftenfoto die Augenpartie eines Mannes verdeckte. Sie bemerkte meinen Blick und schaute auf. Ich schaute weg und sagte nichts.

Nach der Rückkehr liefen die Kollegen schnell auseinander. Nur Janne und ich blieben am Gleis. Einen Moment hatte ich das Gefühl, dass sie mir gleich anbieten würde, mich im Auto mitzunehmen, und auf der Fahrt würde sie mir von ihrem verstorbenen Freund oder von ihrer Frühgeburt erzählen, und ich würde ihr erzählen, dass ich meine Eltern schon seit Wochen nicht mehr besucht hatte. Aber dann nickte sie mir nur zu, ein Nicken, das mich frösteln ließ. Es war Ende Mai, vor ein paar Tagen waren die Temperaturen auf dreißig Grad gestiegen. Mir kam es auf dem Gleis jedoch kühl vor, und der Bahnhofsvorplatz erschien mir noch kühler. Ich ging zu Fuß nach Hause, in der Hoffnung, dass die Bewegung und die Hitze in den Häuserwänden mich aufwärmen würden. Als ich in meiner Wohnung ankam, fror ich noch immer. Ich duschte lange und kroch in mein Bett, ich legte sogar die zweite Decke über mich. Erst tief in der Nacht hörte mein Körper auf zu zittern.

Wie ich mich rüste

Ich bin sieben, als Vater zum ersten Mal mit einer Angst nach Hause kommt. Wir wohnen in einem neuen Haus, dessen Windfang größer als mein altes Zimmer ist, und zunächst will ich die Angst nur halten, damit Vater seinen Mantel ablegen kann. Er wendet mir jedoch den Rücken zu und geht ins Wohnzimmer, und ich trage die Angst nach oben. Kaum stehe ich in meinem Zimmer, verwandelt sie sich in die Armschiene einer Ritterrüstung, scharf, kalt, aber sicher. Ich lege die Schiene in meinen Schrank, und falls Vater sich später nach seiner Angst erkundigt, will ich ihn mit einer Grimasse zum Lachen bringen.

Mutter pflanzt in unserem Garten ihr Glück, kleine, weiße Blumen, die Märzenbechern ähneln. Wenn ich mit Peter Fangen spiele, muss ich vorsichtig sein. Mutter sagt, dass sie die Blumen verkaufen könnte, das Bund zu einem Fünfer. Doch sie macht das nicht, und nachdem Peter mich überredet hat, ein paar Bunde zu pflücken und in die Schule mitzunehmen, bekomme ich Ärger.

»Wie kannst du Mutters Blumen verkaufen?«, zischt Vater. »Sollen die anderen denken, dass wir so etwas nötig haben?«

»Er ist noch klein«, sagt meine Schwester.

»Groß genug«, zischt Vater, »um zu wissen, wie wir uns hier verhalten müssen.«

Nachts krieche ich zu meiner Schwester ins Bett. Sie ist schon sechzehn und bindet sich jeden Morgen ihren Fleiß in die Haare. Ich glaube, der Fleiß ist ein Schutz für sie, ein guter Schutz vor Vater, der wissen will, warum sie von der neuen Schule weder Freundinnen noch Jungs mitbringt. Sie schämt sich, höre ich sie einmal sagen, für Vaters großen Fernseher, für unsere Hochglanzküche und vor allem dafür, dass sie Mutters Blumen gießen muss.

»In zwei Jahren bin ich hier raus«, flüstert meine Schwester. »Und ich hole dich nach, versprochen.«

»Aber draußen ist es kalt«, flüstere ich.

»Gerade deshalb hole ich dich nach«, flüstert meine Schwester. »Ohne dich friere ich wie ein Kaninchenjunges.«

Einen Sommer später ist unser Haus nicht mehr neu, und meine Rüstung besteht schon aus den beiden Armschienen und einer Beinröhre. Wenn Peter bei mir klingelt, damit wir unser Baumhaus am Fluss weiterbauen, schüttle ich den Kopf. Ich muss auf Vater warten. Sobald sein Wagen den Kies zum Knirschen bringt, renne ich in den Flur und greife nach der Angst. Seit er in die Zentrale versetzt wurde, ist sie schwerer. Mit der schweren Angst wächst die Rüstung schneller, und sobald ich das nächste Stück in meinem Schrank versteckt habe, gehe ich in den Garten. Meine Schwester trägt die Gießkanne, Mutter pflückt die schönsten Blumen. Sie hat entdeckt, dass ihr Glück essbar ist, nicht nur die Blätter, auch die Blüten. Die Blüten sind süß, mit viel Kauen bekommen wir sie geschluckt. Die Blätter jedoch sind noch bitterer als Chicorée, und beim Abendessen sagt meine Schwester: »Dieser ewige Salat hängt mir zum Hals heraus.«

»In deiner eigenen Wohnung«, sagt Vater, »kannst du mäkeln, wie du willst.«

»Ich mäkle aber jetzt«, sagt meine Schwester. »Und ich esse den Salat nicht mehr.«

Der Vater schlägt ihr auf den Hinterkopf, dass ihr ein Stück Fleiß aus den Haaren fliegt. Es landet in meinem Schoß, schnell schiebe ich es in meine Hosentasche. In meinem Zimmer wird es zu einem Brustpanzer.

Später will meine Schwester wissen, was ich beim Essen versteckt habe. Ich weiß nicht, ob ich ihr meine Rüstung zeigen soll. Vielleicht gefällt sie ihr nicht, vielleicht beansprucht sie etwas davon für sich.

Nur für Peter öffne ich meinen Schrank.

»Meine Rüstung muss unser Geheimnis bleiben«, sage ich.

»Deine Rüstung?«, fragt er. »Was soll diese Rüstung denn abhalten?«

Er lacht und tritt dagegen, aber er kriegt die Rüstung nicht kaputt. Einen ganzen Nachmittag treten wir gegen die Arme und Beine. Meine neue blaue Hose reißt, eine Sohle seiner Sandalen zerbricht. Das Blech knickt nicht.

Immer wieder will ich meiner Schwester die Rüstung zeigen. Aber dann kommt schon das Frühjahr, in dem sie auszieht. Sie stopft ihre Klamotten in einen Rucksack, ich darf mir in ihrem Zimmer etwas aussuchen. Erst halte ich Kuschelwuschel in den

Händen, dann entscheide ich mich für ihre Schneiderpuppe. Sie wohnt fortan in meinem Schrank, ich kleide sie mit der Rüstung ein. Die Rüstung wächst noch schneller, seit Vater in die nächste Zentrale versetzt wurde. Von einer Geschäftsreise bringt er ein Gewächshaus mit, verpackt in drei Kartons, und sagt, mit meinen zehn Jahren bin ich alt genug, um Mutter beim Aufbauen zu helfen.

»Peter wartet auf mich«, sage ich. »Wir wollen Fußball spielen, und Physik müssen wir auch noch machen.«

»Geh ruhig spielen«, sagt Mutter.

Mit dem Fuß schiebe ich die Milchglasscheiben hin und her. Das ganze Wochenende bauen wir, im Sommer aber tragen Mutters Blumen keine Blüten. Sie treiben große, grüne Blätter, sie treiben kleine, weiße Knospen. An einem Morgen liegen alle Knospen auf dem Boden. So schnell ich kann, schiebe ich sie in meine Hosentasche. In meinem Zimmer verwandeln sie sich in einen Helm.

Meine Schwester fordert ihre Puppe nicht zurück, als sie wieder zu uns zieht. Ich bin elf, als der Anruf kommt. Noch am Abend holen meine Eltern den Rucksack, zwei Monate später holen sie meine Schwester aus der Klinik. Sie war fleißig wie niemand sonst in ihrem Jahrgang und hat die Prüfung trotzdem nicht bestanden, nicht beim ersten, nicht beim zweiten, nicht beim dritten Mal, und der Arzt kann auch nicht sagen, warum sie dann solange in ihrem Zimmer geblieben ist, bis ihre Haut dünn wie Papier war und sie nicht mehr aufstehen konnte.

Mit offenen Augen liegt meine Schwester auf ihrem Bett. Ich

lege den Brustpanzer daneben, auch wenn sie den Fleiß noch immer zuhauf in ihren Haaren trägt.

»Hier hast du deinen Fleiß zurück«, sage ich. »Du wirst ihn brauchen, wenn du dich ausgeruht hast und weitermachst.«

»Welchen Fleiß?«

»Den ich dir weggenommen habe.«

»Ich scheiße auf irgendeinen Fleiß«, sagt meine Schwester. »Und ich scheiße aufs Weitermachen.«

Und wirklich, meine Schwester macht nicht weiter. Auch als ich dreizehn bin, liegt sie noch auf ihrem Bett, und wenn sie doch einmal aufsteht, hält sie höchstens eine Stunde durch. Sie liest eine Stunde und braucht eine Pause. Sie läuft eine Stunde durchs Viertel und braucht eine Pause. Sie hilft Mutter mit ihrem Glück und braucht schon wieder eine Pause. Wenn sie schläft, pflücke ich ihr den Fleiß aus den Haaren und bringe ihn in mein Zimmer. Er verwandelt sich in Eisenschuhe, und das ist gut, denn ich muss meiner Schwester versprechen, dass wenigstens ich bald gehe.

»Den Eltern verrätst du nichts«, flüstert sie. »Das war mein Fehler, deshalb hat es bei mir nicht geklappt. Eines Tages gehst du einfach los und lässt dich nie wieder hier blicken.«

»Kommst du morgen mit zum See?«, ruft Peter durch die Milchglasscheiben. Weil meine Schwester heute wieder nicht aufgestanden ist, stehe ich im Gewächshaus und säe, gieße, dünge.

»Morgen kann ich nicht«, rufe ich zurück. »Wir machen einen Ausflug.«

»Mit deiner verrückten Schwester?«

»Mit meiner Schwester.«

»Alle wissen, dass sie verrückt ist«, ruft Peter. »Und du bist genauso verrückt, du und deine bekloppte Rüstung.«

»Du hast auch danach getreten.«

»Habe ich nicht!«

»Und das Glück zu verkaufen, war deine Idee.«

»War es nicht!«

Peter weiß zu viel. Er weiß von Mutters Glück und von Vaters Angst, wahrscheinlich weiß er auch vom Fleiß. Wenigstens weiß er nicht, wozu ich die Rüstung eines Tages brauche.

Vater kommt in die nächste Zentrale und kauft Mutter ein größeres Gewächshaus. Darin treiben die Blumen nicht einmal mehr Knospen. Mutter stört das nicht.

»Wolltest du die Blumen nicht verkaufen?«, frage ich.

»Das klappt jetzt eben nicht«, sagt sie.

Ich bringe die braunen Blätter in mein Zimmer, ich trage den Fleiß über den Flur, und abends schleppe ich die Angst nach oben.

»Zu seinem sechzehnten machen wir eine richtige Party«, sagt Vater.

»Wo denn?«, frage ich.

»Hier.«

»Und ihr?«

»Wir sind deine Kellner. Wir sind deine Garderobieren und deine Discjockeys.«

»Eigentlich will ich nicht.«

»Dann lasst ihn«, sagt meine Schwester.

»Felix und Jonathan haben auch gefeiert«, sagt Vater.

»Du wirst sehen«, sagt Mutter. »Die Party ist schneller vorbei, als du denkst.«

»Lasst ihn«, sagt meine Schwester müde.

Mutter verteilt ihr Glück in Vasen. Meine Schwester will in ihrem Zimmer bleiben. Vater hat Salate und so viel Fleisch bestellt, als hätte ich die ganze Schule eingeladen. Nur das Bier ist abgezählt, für jeden Gast genau eine Flasche. Ich verschließe meinen Schrank und stecke den Schlüssel in die Hosentasche. Den Hunderter, den ich bekommen habe, will ich nicht.

Ein paar haben ein Geschenk dabei, ein paar grüßen mich nur und gratulieren nicht. Alle aber trinken ihr Bier und laden sich Essensberge auf den Teller, und als es dunkel wird, fangen Bo und Jette an zu tanzen. Die meisten machen mit, und auf einmal tanzt auch meine Schwester. Ich habe sie nicht nach unten kommen sehen, und sie tanzt nicht mit dem Körper, sondern nur mit dem Kopf. Ich möchte mich in einen Stein verwandeln, stattdessen tanze ich. Zum ersten Mal in meinem Leben tanze ich, und ich tanze genau wie meine Schwester. Ich wirbele meinen Kopf herum und mache auch noch weiter, als meine Schwester zurück nach oben geht. Als ich aufschaue, ist da nur noch Sina. Sie lächelt mich an, als hätte sie seit Wochen auf diesen Augenblick gewartet. Ich will zurücklächeln, doch in mir lächelt nichts.

Manchmal sitzt Sina nach der letzten Stunde auf der hohen Mauer. Seit der Party ist sie die Einzige, die mich noch ansieht, und ich würde es zu ihr nach oben schaffen, auch wenn das nicht einfach ist. Vor dem Spiegel übe ich zu lächeln. Als es endlich klappt, sitzt Peter neben ihr.

Meine Schwester bittet mich wegen der Party um Verzeihung.

»Wann bist du hier raus?«, flüstert sie. »Wann gehst du endlich?«

»Ich kann nicht gehen«, flüstere ich. »Ohne mich frierst du wie ein Kaninchenjunges.«

»Ich bin kein Kaninchenjunges mehr«, flüstert meine Schwester. »Siehst du nicht, dass meine Haare grau und meine Haut faltig sind? Geh, bevor du auch grau wirst.«

Am letzten Morgen trage ich die nackte Schneiderpuppe in ihr Zimmer. Ich darf niemanden wecken, es ist jedoch nicht einfach, still zu sein. Meine Bewegungen sind eckig, und wenn ich an die Wände stoße, knallt es unter dem Helm laut wie Schüsse. Langsam gehe ich die Treppe hinunter. Schon stehe ich im Windfang, schon öffnet meine Blechhand die Tür nach draußen. Die Sonne scheint, der Himmel ist weiß. Meine Eisenschuhe knirschen auf dem Kies. Der große Schritt, mit dem ich auf die Straße trete, bringt mich beinahe aus dem Gleichgewicht. Aber ich kann mich noch fangen, ich falle nicht. Ich bin achtzehn und werde nicht fallen. Ich trage meine Rüstung, mir kann nichts passieren.

Ausgehverbot

Seit dem Tag, an dem wir unsere Stadt verloren, klingelt jede Nacht dieser Junge an meiner Tür. Seine Augen sind dunkel und seine Haare blond, und er hält mir ein Pappschild entgegen, auf dem Worte in einer fremden Sprache stehen. Bittend schaut er mich an, so lange, bis das Licht im Hausflur erlischt. Ich betrachte den Jungen durch den Spion. Nie klingelt er bei meinen Nachbarn, nur bei mir. Ich weiß nicht, was der Junge will, vielleicht Essen, vielleicht Geld für Waffen und Munition. Mache ich mich verdächtig, wenn ich ihm etwas gebe? Und wenn ich ihm nichts gebe, tritt er dann eines Tages meine Tür ein, schlägt mich zusammen und lässt mich halbtot zurück?

Seit wir unsere Stadt verloren, sind viele Wochen vergangen. Ich lebe gut von den Konserven, die regelmäßig geliefert werden. Wenn es ganz still im Hausflur ist, öffne ich die Tür und ziehe den Karton hinein. Es ist verboten, die Wohnung oder gar das Haus zu verlassen. Ich weiß nicht, was denen passiert, die es dennoch tun. Ich weiß auch nicht, wann meine Nachbarn ihre Kartons in die Wohnungen ziehen. Früher haben wir oft ein paar Worte gewechselt, über die Dinge, die es im Supermarkt nicht mehr zu kaufen gibt, über den Kinderwagen, der in unserem Hausflur angezündet wurde, und sogar darüber, was passieren wird, sollten die Garden tatsächlich bis in unsere Stadt gelangen. Im Süden hatten sie die Kontrolle bereits übernommen. Einmal, als es plötzlich einen Knall gab – einen Knall wie von einem Schuss oder einer Detonation –, begann die Frau aus dem Erdgeschoss zu weinen. Auch nachdem sich herausgestellt hatte, dass nur der Wind unter die Plane eines Baugerüsts gefahren war, konnte sie sich nicht beruhigen, und ich hielt sie lange im Arm. Wenn ich sie jetzt im Hausflur träfe, ich wüsste nicht, ob ich sie grüßen würde.

Der Tag, an dem wir unsere Stadt verloren, begann wie jeder andere. Kinder tobten in den Schulhöfen, Angestellte rauchten vor den Büros, alte Menschen warteten an den Supermärkten. Es war nicht so, dass wir nicht damit gerechnet hatten, aber die Sirene überraschte uns doch. Für mehrere Minuten durchdrang uns ihr Klang, dann forderte eine Lautsprecherstimme uns auf, unverzüglich nach Hause zu gehen. Alles, was wir bei uns hatten, sollten wir mitnehmen, vor allem unsere Ausweise nicht vergessen. Ich hatte oft überlegt, wie die Garden die vielen Menschen in dieser Stadt kontrollieren wollten. Ich hatte nicht diese Ruhe erwartet, mit der sich alle durch die Stadt bewegten, ich hatte nicht erwartet, dass auch ich mich fügen würde. Zu meiner Wohnung lief ich zwischen Männern und Frauen, die keine Miene verzogen. Sie trugen ihre Rucksäcke auf den Schultern und ihre Aktentaschen in den Händen. Niemand redete, selbst die Kinder gingen stumm an der Seite ihrer Eltern. Zu Hause merkte ich, dass Fernseher und Telefon abgestellt waren. Weder Rechner noch Handy fanden ein Netz. Noch am Abend informierte uns die Lautsprecherstimme, dass wir uns ruhig verhalten, dass wir die Fenster nicht öffnen, keinen Kontakt zu unseren Nachbarn aufnehmen sollten. Ich dachte, wenn es gegen die Garden einen Aufstand gibt, schließe ich mich an. Aus Tagen wurden Wochen, und es gab keinen Aufstand, oder ich erfuhr nichts davon.

Die Worte auf dem Schild des Jungen wechseln, seit kurzem schreibe ich sie auf. Neben die Wohnungstür, auf den Tisch mit dem toten Telefon, habe ich einen Notizblock gelegt, auf dem ich nachts jeden einzelnen Buchstaben notiere. Vielleicht lerne ich seine Sprache, wenn ich nur genügend Material sammle. Es gibt Momente, da befürchte ich, dass auf dem Schild doch meine Sprache steht – eine Sprache, die ich vergessen habe. Aber dann schlage ich ein Buch auf und verstehe alles, oder ich lege eine der Minidisks ein, die mit den Konserven geliefert werden: *Ben Hur, Frühstück bei Tiffanys* – Klassiker dieser Art, ich weiß nicht warum.

Wenn ich weder lese noch Filme schaue, betrachte ich die leere Straße. Eigentlich darf außer den Lieferanten niemand unterwegs sein, dennoch gibt es minimale Veränderungen: Eine Autoscheibe ist eingeschlagen, ein Fahrrad lehnt an der Wand, einmal liegt ein kleiner Teddybär auf der Kreuzung, und vor allem verschwindet nach und nach das Baugerüst. Ich weiß nicht, ob es auf Anordnung der Garden entfernt wird oder ob vielleicht der Junge es abmontiert, ob er die Stäbe in einen Hinterhof trägt und Waffen daraus baut, Waffen, mit denen er die Garden vertreiben will. Auch in der Straße tauchen Lücken auf, es fehlen Pflastersteine, die in Fäusten liegen könnten. Nie sehe ich Menschen, nicht den Jungen, niemanden, weder einen von uns noch einen von den Garden. Vielleicht wäre es nicht schwer, sich einem Aufstand anzuschließen, vielleicht müsste man nur nachts durch die Hinterhöfe streifen.

Ich könnte dem Jungen von meinen Lebensmitteln abgeben, die Rationen sind großzügig bemessen. Ich habe auch Bargeld in der Wohnung, Scheine und Münzen, die ich vielleicht nie wieder benötige. Ich glaube jedoch, dass der Junge wegen etwas anderem kommt. Er muss einen festen Wohnsitz haben, denn er ist sauber, und seine Kleidung wechselt. Nur sein Blick wechselt nicht, er bleibt bittend, dunkle Augen, in denen sich das Flurlicht spiegelt. Manchmal frage ich mich, ob die anderen die Klingel hören, und dann frage ich mich, ob sie mich den Garden melden würden, und dann frage ich mich, wie man die Garden überhaupt erreicht.

Die aktuelle Minidisk enthält auch Nachrichten: Die Wirtschaft wächst, der Regenwald schrumpft, im Nahen Osten tobt weiterhin Krieg. Über die Garden erfahre ich nichts, wie immer wird nur vor konspirativen Gruppen gewarnt. Unter den Nachrichten läuft derselbe Text wie immer: *Es besteht kein Grund zur Beunruhigung. Das Ausgehverbot dauert nicht mehr lange an. Es besteht kein Grund zur Beunruhigung. Das Ausgehverbot dauert nicht mehr lange an.*

Ich bin froh, als ich sehe, dass unsere Stadt nach wie vor eine Fußballmannschaft besitzt. Die Spieler kämpfen wie früher, und sie freuen sich noch immer über jedes Tor. Wahrscheinlich wissen sie mehr als wir, wissen, dass dieser Zustand bald ein Ende haben wird. Alles andere, denke ich, würde man ihnen anmerken. Sie würden ohne Ehrgeiz spielen, oder die Torschützen würden ihr Trikot ausziehen und das T-Shirt darunter der Kamera präsentieren: *Verlasst die Häuser! Schließt euch dem Aufstand an!* Nein, es wird keinen Aufstand geben. Bald dürfen wir unsere Wohnungen wieder verlassen, und dann finden wir heraus, dass es Jugendliche waren, die mit den Stäben des Gerüsts die Autoscheiben eingeschlagen haben, Jugendliche, die sich nur etwas beweisen wollten.

Ich schaue gerade *Casablanca*, als das Schreien beginnt. Ich renne zur Wohnungstür und presse das Auge so fest an den Spion, dass ich mir die Stirn stoße. Ich sehe nichts, ich höre nur dieses Schreien, Wortfetzen, die ich nicht zusammenfügen kann. Das Schreien ist so schrill, dass es jeder meiner Nachbarn sein könnte, der alte Herr mit dem Spazierstock ebenso wie die Frau aus dem Erdgeschoss. Dann schlägt die Haustür ins Schloss – durch meine Glasvitrine geht ein leises Klirren, das ich lange nicht vernommen habe –, und das Schreien verstummt. Noch ehe ich das Wohnzimmerfenster erreiche, weiß ich, dass etwas Ungeheuerliches geschieht.

Von oben sehe ich den Professor aus dem zweiten Stock in einer Blutlache liegen. Seine Tochter rennt aus dem Haus, auch sie wird von einem Schuss niedergestreckt. Immer mehr Menschen rennen nach draußen, aus den Häusern gegenüber, aus den Häusern nebenan. Sie alle laufen nur ein paar Schritte, ehe sie zu Boden gehen. Ein oder zwei Gestalten sehe ich in Hinterhöfen verschwinden, wahrscheinlich kommen sie auch dort nicht weit. Sam spielt *As Time Goes By*, unten auf der Straße robbt die Frau aus dem Erdgeschoss ein Stück vorwärts, ehe ein weiterer Schuss sie trifft. Wenn ich gewusst hätte, dass so etwas jenen passiert, die ihr Haus verlassen, ich hätte längst etwas getan. Ich hätte mich nachts in die Hinterhöfe geschlichen und Gleichgesinnte gesucht, ich hätte Pflastersteine ausgegraben und Baugerüste abmontiert, ich hätte dem Jungen Geld gegeben, ich hätte mein Leben aufs Spiel gesetzt.

In dieser Nacht klingelt der Junge nicht.

In dieser Nacht ist es still auf der Straße, aber ich schlafe nicht. Ich beobachte, wie eine Kehrmaschine die Blutflecken wegwäscht, und halte die Fenster geschlossen.

In den nächsten Tagen blättere ich immer wieder in meinem Notizblock. Vielleicht fällt mir an den Worten des Jungen endlich etwas auf, vielleicht finde ich einen Code oder eine geheime Nachricht, wann der Aufstand beginnt, was dieser Aufstand zum Ziel hat, wie man sich ihm anschließen kann. Als der Junge endlich wieder bei mir klingelt, schiebe ich Geld unter der Tür hindurch, einen Schein von hohem Wert. Ich sehe das Staunen in den Augen des Jungen, dann erlischt das Licht.

Die ganze Nacht stehe ich hinter der Tür und schaue durch den Spion in die Schwärze. Ich weiß nicht, ob der Junge den Schein mitgenommen, ob er überhaupt Geld erwartet hat. Die ganze Nacht stehe ich da und habe Angst. Ich habe Angst, dass der Junge das Geld nicht wollte, und am Morgen entdeckt es jemand und meldet mich den Garden. Dabei weiß ich gar nicht, ob in den anderen Wohnungen noch jemand lebt. Und erst als der Morgen graut, zunächst unmerklich, dann unerbittlich, wird mir bewusst, dass mir etwas anderes viel mehr Angst bereitet: Im Grunde ist es unmöglich, doch vielleicht liegt der Schein noch auf meiner Schwelle, weil es den Jungen nicht gibt.

Die leeren Wochen des Sommers

Ich hätte die Sache mit den fünfzig Euro gar nicht erwähnen sollen. Schon als ich davon anfing, merkte ich, dass es ein Fehler war. Aber nachdem wir ein paar Worte über die Feier gewechselt hatten, sagte ich: »Danach fehlten in meinem Portmonee fünfzig Euro. Seltsam, findest du nicht?«

»Was willst du damit sagen?«, fragte mein Bruder.

»Wie viel Taschengeld kriegen Kinder heutzutage?«

»Du meinst, das war eines der Kinder?«

Die Geburtstagsfeier meines Neffen war immer mein erster Termin, wenn ich im Sommer in die Stadt kam. Seit ich als Deutschlehrerin von Land zu Land zog, hatte ich meine Freunde hier einen nach dem anderen verloren, und manchmal bildete ich mir ein, dass diese Feier auch eine Art Willkommensgruß für mich darstellte. Im Haus meines Bruders lebten fast nur Familien, ich kannte sie mittlerweile recht gut, und sie kannten mich und meinen Beruf. Jedes Jahr stellten sie mir dieselben Fragen – wie es mir gefallen habe, was den Schülern besondere Mühe bereitet habe, ob ich im Herbst wirklich schon wieder in ein neues Land gehen würde. Jeder zweite Satz wurde unterbrochen, weil Martha sich verschluckte oder Nepomuk kleckerte. Das störte mich nicht, einmal hatte ich sogar einen Flug umgebucht, um diesen Nachmittag nicht zu verpassen. Es lag auch an meinem Neffen, der mir immer um den Hals fiel, obwohl wir uns so selten sahen. Sommer für Sommer wurden wir auf unsere Ähnlichkeit hingewiesen, wir würden glatt als Mutter und Sohn durchgehen, wurde uns immer versichert.

Auch in diesem Jahr hatte mein Neffe mich ins Kinderzimmer gezogen und mir seinen neuen Bagger, seine neuen Bücher, seine neuen Plastikdinos gezeigt. Ich hatte ihm eine Drachengeschichte vorgelesen und beim Matchboxfahren zugeschaut. Das Gespräch mit den Eltern war in diesem Jahr dagegen schnell versiegt, vielleicht weil ich einsilbig von den vergangenen zehn Monaten gesprochen hatte. Die Eltern hatten den Grund dafür nicht wissen wollen, und ich hätte ihn auch nicht genannt. Zeitiger als sonst verabschiedete ich mich. Noch im Hausflur stellte ich fest, dass mein Portmonee in meiner Tasche obenauf lag und dass darin ein Fünfzig-Euro-Schein fehlte. Erst eine Woche später rief ich meinen Bruder an.

»Sowas würden die sich niemals trauen«, sagte er. »Wenn du selbst welche hättest, wäre dir das klar.«

»Zum Glück weißt du ja Bescheid.«

»So war das nicht gemeint.« Mein Bruder wirkte erschrocken. »Wenn du willst, frage ich im Haus herum. Aber ich halte es für ausgeschlossen, dass eines der Kinder dein Geld genommen hat.«

Wie jeden Sommer, wenn ich nach Deutschland geflogen war, hatte ich plötzlich zu viel Zeit. Normalerweise beschäftigte ich mich in diesen leeren Wochen mit der Stadt, in der ich im Herbst die nächste Stelle antreten würde, ich kaufte mir Reiseführer und fragte unter meinen ehemaligen Kommilitonen herum, wer schon dort unterrichtet hatte. Diesmal bereitete ich mich nicht vor. Ich buchte nicht einmal einen Flug. Stattdessen fand ich mich im Park wieder, am Fluss, immer weit entfernt von großen Straßen. Ich saß auf einer Bank und beobachtete, wie andere Leute ihre Zeit verbrachten, und nach vier Tagen zwang ich mich, wenigstens Ines anzurufen. Auch Ines hatte für ein paar Jahre in verschiedenen Ländern Deutsch unterrichtet, bis sie irgendwo auf dem Balkan ausgeraubt worden war. Seitdem lebte sie wieder in der Stadt und gab Integrationskurse, und sie beantwortete jede Nachricht innerhalb von fünf Minuten.

Wir trafen uns in einem neuen Café, in dessen Speisekarte ich den Überblick verlor. Ich bestellte ein Wasser und erzählte von den Ameisen in meinem Schlafzimmer, die ich jeden Morgen mit einem feuchten Lappen weggewischt hatte, und von der Toilettenspülung, die auch noch geleckt hatte, nachdem der Monteur zum dritten Mal gekommen war. Ich erzählte, dass die Leute ihren Müll einfach fallen ließen, dass sie sich in den Bussen mit den Ellenbogen Platz verschafften und in den Klamottenläden die Sachen achtlos zurück in die Fächer stopften – dass sie sich alle Mühe gaben, ihre erbarmungslose Stadt noch erbarmungsloser zu machen. Ich erzählte das, als würde ich diese Menschen verurteilen, als wäre ihr Verhalten mir neu und der Grund für meine Untätigkeit. Dabei hatte ich das alles schon mehrmals erlebt, es schreckte mich nicht ab. Ich empfand eher ein schlechtes Gewissen, dass ich jederzeit wieder abreisen konnte. Hätte ich etwas über mich erzählen wollen, dann hätte ich die vielen alten Autos und die kaputten Straßen erwähnen müssen, die hellen Sirenen, die ständig gellten, und den festen Schritt, mit dem man den Zebrastreifen betreten musste, ich hätte erwähnen müssen, dass manche Fahrer trotzdem nicht bremsten.

»Und jetzt?«, fragte Ines. »Bleibst du endlich hier?«

Ich zuckte mit den Schultern.

»Kannst du dich noch an unsere erste Vorlesung erinnern?«, fragte sie. »Wie die Leute sogar auf den Treppen saßen und der Prof uns gesagt hat, dass wir alle eine viel zu romantische Vorstellung von dem Fach *Deutsch als Fremdsprache* haben? Dass wir auf so ziemlich alles verzichten müssen, wenn wir den Königsweg wählen und ins Ausland gehen? Ich habe keine Lust mehr, auf alles zu verzichten.«

Ich schüttelte den Kopf, daran konnte ich mich nicht erinnern. In meiner Erinnerung war der Hörsaal tatsächlich überfüllt, aber der Prof hatte uns gefragt: »Sie denken, Sie sprechen Deutsch? Dann sagen Sie mir, was ist eigentlich der Infinitiv von *ich mag*? Was soll das überhaupt für eine Form sein: *ich mag*?«

Ich mochte es, meine eigene Sprache zu erklären. Ich mochte das unbeholfene Deutsch meiner Schüler. Ich mochte ihre Aussprache, ihre abenteuerliche Rechtschreibung und die Begeisterung auf ihren Gesichtern, wenn sie die Satzglieder in die richtige Reihenfolge gebracht hatten. Ich mochte es, sie in den Pausen nach den wichtigsten Vokabeln der Landessprache zu fragen, und ich mochte es, in einen verbeulten Linienbus zu steigen, ohne zu wissen, wohin er mich bringen würde. Ich mochte es, mich ganz allein in einer fremden Umgebung zurechtfinden zu müssen. Ich führte genau das Leben, das ich mochte, und ich mochte es auch, weil ich mir einen Mann und ein Kind an meiner Seite – immer, unausweichlich an meiner Seite – nur schwer vorstellen konnte. Weder von Ines noch von meinem Bruder würde ich mir etwas anderes einreden lassen.

Zweimal rief mein Bruder mich an, und ich ging nicht ans Telefon. Ich wollte nicht mit ihm reden, auch wenn das bedeutete, dass ich in diesem Sommer mit meinem Neffen weder in den Zoo noch an den See fahren konnte. Im Moment wollte ich ohnehin nicht für seine Mutter gehalten werden, ich wollte nicht sagen müssen: »Nein, nein, ich bin nur die Tante.«

Ich traf Sebastian, ich traf Johanna. Ich traf Amrit und meine Cousine, mit der mich noch viel weniger als mit den anderen verband. Vielleicht erzählte ich gerade deshalb nur ihr, dass ich immer noch keinen Flug für meine nächste Stelle gebucht hatte und stattdessen stundenlang im Park saß.

»Warum?«, fragte meine Cousine. »Was machst du da?«

»Ich warte, dass jemand stehenbleibt und sagt: Jetzt kümmere dich endlich um diesen blöden Flug!«

»Kann ich verstehen. Ich wäre auch froh, wenn mir jemand sagen würde, dass ich mich wegen Tims Abi nicht so reinstressen soll. Total bescheuert, deswegen die ganze Zeit rumzugrübeln. Ich weiß doch, dass er es auf die Reihe kriegt, und genauso weißt du, dass du rechtzeitig losfliegen wirst.«

Ich musste lachen, auf einmal kam ich mir albern vor. Später würde ich meinen Bruder anrufen und ihm sagen, dass es mir nicht um die fünfzig Euro ging, sondern eher darum, dass mir der fehlende Geldschein überhaupt aufgefallen war. Ich würde ihm sagen, dass ich in diesem Sommer ständig in meiner Handtasche kramte, nach dem Telefon, dem Schlüssel, dem Portmonee, nach der Sonnenbrille, dem Labello, den Tampons, und ich würde ihm auch den Grund dafür nennen. Er würde mir zuhören, und dann würde ich meinen Flug buchen und mir einen Reiseführer kaufen.

Aber ich buchte keinen Flug, denn ich fand eine E-Mail von der Studentin, die mir für den Sommer ihre Wohnung überlassen hatte: Sie werde drei Wochen eher zurückkehren, sie halte es bei ihrem Praktikum nicht mehr aus. Innerhalb eines Tages musste ich mir eine neue Zwischenmiete suchen, und ich hatte Glück, dass ich meine zwei Koffer nur ein paar Straßen weiter tragen musste. Dort saß ich wieder am Rechner und verglich Flugpreise und Reiseführer, googelte nach Erfahrungsberichten und las sie mir nicht durch. Wahrscheinlich wäre in den Berichten vom Dreck und vom Lärm die Rede und bestimmt auch von den vielen Autos und den hellen Sirenen. Ich würde jedoch nirgendwo lesen, wie eine Deutschlehrerin mit festem Schritt einen Zebrastreifen betrat und den Blick eines Fahrers suchte und nicht fand. Nirgendwo würde ich lesen, wie sie nicht mehr rechtzeitig zurückspringen konnte und von der Motorhaube getroffen wurde, am Oberschenkel, ein heißer Schmerz. Ich würde nirgendwo lesen, wie sie sich aufrappelte und feststellte, dass im Grunde nichts geschehen war, wie sie in ihre Wohnung tappte – zu den Ameisen, zu der lecken Toilettenspülung – und erst dort, beim Blick in den Spiegel, zu zittern begann. Nirgendwo würde ich lesen, wie sie in ihrer Tasche nach dem Telefon kramte, wie sie kramte und kramte und schon glaubte, das Telefon verloren zu haben, nicht nur das Telefon, auch das Portmonee, auch die Sonnenbrille, den Labello, die Tampons, wie sie glaubte, alles verloren zu haben, obwohl die Tasche gar nicht leer war, und wie sie dann endlich die Nummer ihres Bruders wählte, aber der Bruder hob auch nach dem dritten Anruf nicht ab, und wie sie, als endlich jemand abhob – ich hatte schließlich Ines angerufen, Ines, die jede Nachricht innerhalb von fünf Minuten beantwortete, Ines, die den Hörer immer abhob –, wie sie dann nichts anderes sagen konnte als: »Ich wollte mich nur mal melden, wie geht's dir, gibt's was Neues?«

Ich wählte die Nummer meines Bruders. Als ich seine Stimme hörte, blieb ich stumm.

»Alles okay bei dir?«, fragte er.

»Ich habe gerade Flugpreise verglichen. Bisher hat mir das nichts ausgemacht, in diesem Sommer strengt es mich plötzlich an.«

»Tut mir leid, dass es diesmal so unglücklich gelaufen ist. Wann fliegst du ab? Wir müssen uns unbedingt nochmal sehen.«

Die Wohnung von Nora und Simon kannte ich nicht, und eigentlich kannte ich sie doch: Sie lag neben der Wohnung meines Bruders, der Grundriss war gespiegelt, und auch die Einrichtung kam mir ziemlich bekannt vor. Natürlich hatten Nora und Simon nichts dagegen einzuwenden, dass ich zu Nepomuks Geburtstagsfeier kam. Die anderen Eltern saßen auf der Couch, ich holte mir einen Stuhl vom Esstisch. Ich merkte, dass ich gemustert wurde, offenbar hatte mein Bruder wegen der fünfzig Euro tatsächlich herumgefragt. Wut stieg in mir auf, heiß wie der Schmerz, der manchmal noch durch meinen Oberschenkel zuckte, obwohl der große blaue Fleck längst verschwunden war. Ich war es, die den Eltern etwas vorwerfen konnte, mir war etwas weggenommen worden.

Ich schwieg jedoch, und niemand fragte mich nach der Stadt, für die ich mich diesmal entschieden hatte. Niemand fragte, wann mein Flug ging, niemand wollte wissen, ob ich mich freute. Dabei hatte ich inzwischen Antworten, ich musste fliegen, und ich würde fliegen. Ich hatte keine Wahl, so wie die Eltern keine Wahl hatten, als über Sportvereine, über Kinderärzte, über den nahen Schulanfang zu reden.

»Kann ich dir etwas bringen?«, fragte mein Bruder. »Kaffee, Kuchen?«

»Ein Stück von dem blauen Kuchen.«

»Von der Piratentorte?«

Auch als ich aß, spürte ich die Blicke noch auf mir, und ich war froh, als mein Neffe mich in Nepomuks Kinderzimmer zog. Nepomuk besaß den gleichen Bagger, die gleichen Bücher, die gleichen Plastikdinos wie er, und wir bauten eine große Brücke, unter der wir die Autos hindurchsausen ließen. Zwei andere Jungs spielten mit, dann wurde aus dem Wohnzimmer zur Schatzsuche gerufen. Mein Neffe blieb sitzen und hielt auch mich zurück.

»Weißt du, was ich auf keinen Fall darf?«, fragte er, als wir allein waren. Er ging zur Zimmertür und drehte den Schlüssel herum. »Bei uns haben Mama und Papa schon alle Schlüssel abgezogen.«

»Und jetzt schließen wir wieder auf?«

»Warum denn?«

Es dauerte sicher eine Viertelstunde, bis die anderen unser Fehlen bemerkten. In dieser Viertelstunde hörten wir immer wieder Schritte im Flur, und jedes Mal legte mein Neffe den Zeigefinger über die Lippen. Als die Klinke schließlich heruntergedrückt wurde, strahlten seine Augen vor Glück. Aus Nepomuks Regal suchte er das Drachenbuch heraus.

»Liest du mir vor?«, flüsterte er.

Jemand rief nach meinem Neffen, jemand rüttelte an der Tür. Die Rufe und das Rütteln wurden lauter, und mein Neffe sah mich unsicher an. Ich begann leise zu lesen.

In festen Händen

Ich hatte es mir nicht vorgenommen. Ich wusste nicht einmal, dass so etwas funktioniert. Ich wollte meinen neuen Freund nicht erfinden, aber als Doris mich nach der Dienstbesprechung fragte: »Du strahlst in letzter Zeit so, bist du wieder in festen Händen?«, da musste ich erst über die typische Doris-Formulierung lachen – *in festen Händen* –, und dann nickte ich.

»Verrätst du mir, wer der Glückliche ist?«

Schnell schüttelte ich den Kopf.

»Ich freue mich jedenfalls«, sagte Doris. »Obwohl ich Stefan sehr angenehm fand. Ich habe nie begriffen, warum du ihn verlassen hast.«

Ich auch nicht, wollte ich sagen, aber vielleicht wusste Doris das. Sie war nicht nur die älteste Kollegin auf der Etage, sondern auch die aufmerksamste. Sie merkte sich die Namen von sämtlichen Männern und Kindern, und oft wusste sie auch das, was wir eigentlich für uns behalten wollten.

Normalerweise war Doris diskret, mein neuer Freund sprach sich jedoch binnen einer Woche in der Belletristik herum, und obwohl wir meistens unter uns blieben, wusste nach einem weiteren Monat auch die restliche Bibliothek Bescheid. Bald wurde ich gefragt, woher wir uns kannten. Der Einfachheit halber wich ich aufs Internet aus. Er sei der erste Kontakt, mit dem ich mich getroffen hätte, erzählte ich, ich dagegen sei längst nicht sein erstes Internetdate. Ein paar Details kamen mir spontan in den Sinn, meistens aber sagte ich nur, dass bisher wenig feststehe.

»Ich habe mir gleich gedacht, dass du nicht lange allein bleibst«, sagte Marion von den Regionalia, und Ralf von der Lebenshilfe fragte: »Welche Internetseite war es? Ich probiere es seit ein paar Wochen auf *Finya*.«

»Genau«, sagte ich.

Offenbar hatte Doris vor Erleichterung, dass sie sich wenigstens um mich nicht mehr sorgen musste, ihren Mund diesmal nicht gehalten. Doris machte sich zu viele Sorgen, um die Ergebnisse der letzten Stadtratswahl, um die Ausleih- und Rückgabeautomaten, die demnächst installiert und wohl so einige von uns überflüssig machen würden, und vor allem um ihren Sohn, der immer noch keinen Job gefunden hatte. Es gab Tage, da sagte sie in den Dienstbesprechungen kein Wort. Das fiel mir allerdings erst im Nachhinein auf, denn ich war ganz mit mir selbst beschäftigt: Ich hatte einen neuen Freund, ich war wieder *in festen Händen*.

Mein neuer Freund arbeitete in einer Werbeagentur, was Doris wenig aufregend, der Großteil meiner Kolleginnen jedoch ziemlich faszinierend fand. Ich nannte ihn Thomas, und als ich nicht mehr umhin kam, erzählte ich, dass er zuletzt die Internetpräsenz eines großen Spieleherstellers neu aufgesetzt hatte. Ein solcher Auftrag finanzierte ihm seine eigentlichen Projekte, die Website für diesen soziokulturellen Verein, den Flyer für jene Galerie. Manchmal, erzählte ich, war Thomas so in seine Arbeit versunken, dass er unsere Verabredungen vergaß, und an den Wochenenden blieb er lieber am Schreibtisch, als etwas mit mir zu unternehmen.

Eigentlich hätte ich mich unwohl fühlen müssen. Ich log nicht gern, und vor allem log ich nicht gut. Doch der Ausflug in die Rhön und die Theaterbesuche gingen mir leicht von den Lippen, und nur selten dachte ich darüber nach, wie ich aus dieser Geschichte wieder aussteigen sollte.

Dann kamen die Automaten. Wie Fremdkörper standen sie im Foyer, die eigentlichen Fremdkörper aber waren die vier Techniker, die unsere Bücher ganz anders trugen als wir. Nachdem sie alles eingerichtet hatten, zeigten sie uns die verschiedenen Funktionen. Doris schwänzte die Schulung, wir anderen von der Belletristik hielten uns wie immer etwas abseits.

Am nächsten Tag wollte ich Doris die wichtigsten Tasten erklären, sie wollte davon nichts wissen. Stattdessen fragte sie mich: »Wieso hat meine Freundin aus der Galerie den Namen von deinem Thomas noch nie gehört?«

»Vielleicht habe ich da etwas verwechselt. Wie geht es deinem Sohn?«

Doris winkte ab.

Weil Thomas mich nie abholte, wurden meine Kolleginnen misstrauisch. Bald warfen sie mir vor, dass ich ihnen meinen Freund vorenthielt. Von der Belletristik kamen diese Angriffe mit einem Augenzwinkern, die anderen Etagen meinten das offenbar ernst.

Schließlich traf ich im Theater Sandra von den historischen Romanen. Auf den Plätzen links und rechts von mir saßen Frauen mit grauen Frisuren, Sandra saß ein Stück weiter hinten. Sie winkte mir zu und ließ ihren Blick demonstrativ durch den Saal schweifen. In der Pause passte sie mich ab und fragte: »Du bist wohl gar nicht mit ihm hier?«

Ich zögerte nur einen Moment. Sandra war die Richtige, um etwas auszuprobieren, was ich mir wiederum nicht vorgenommen hatte. Wenn auch das funktionieren sollte, dann am ehesten bei Sandra. Vor drei Jahren hatte ihr Mann sie für eine andere verlassen, seitdem war sie nicht mehr richtig auf die Beine gekommen, und in letzter Zeit wurde ihre Tochter immer dünner.

»Klar ist er hier, da kommt er«, sagte ich und zeigte ins Leere. Bevor Sandra etwas einwenden konnte, fuhr ich fort: »Deine Begleitung ist auch attraktiv, kennt ihr euch schon lange? Bestimmt geht es Sina besser, jetzt, wo sie wieder einen Papa hat.«

Dann hielt ich den Atem an.

Am nächsten Tag sagte Sandra nach der Dienstbesprechung, dass sie ein Glückspilz sei und meinen Thomas endlich kennengelernt habe, und ich schwärmte von ihrem neuen Freund. Er hieß Jaromil, und auch wenn ich nicht verstand, warum Sandra gerade diesen Namen wählen musste, blieb ich, während sie von ihm erzählte, an ihrer Seite. Jaromil hatte dunkle Locken und schwarze Augen, sie hatte ihn beim Elternabend kennengelernt. Schon lange hatten sie Blicke gewechselt, aber erst jetzt, nach seiner Scheidung, war er auf sie zugegangen.

Sandra machte Fehler, und ich befürchtete schon, dass mit ihrer auch meine Geschichte auffliegen würde. Einmal war Jaromil doch nicht verheiratet gewesen, ein anderes Mal waren seine Haare plötzlich blond. Wichtiger als diese Details war jedoch Sina, der es endlich wieder besser ging. Genau wie Sandra blühte sie auf. Bei jedem Besuch in der Bibliothek war ihr Gesicht etwas voller, und Sandra umarmte sie zur Begrüßung und sagte nicht wie früher: »Ich habe noch lange nicht Feierabend, kannst du dich bitte irgendwo beschäftigen?«

Vielleicht lag es an Sina, dass wir Sandras Geschichte nicht hinterfragten. Nur Doris hakte nach, Doris wollte alles ganz genau wissen.

»Seid ihr nicht zum Stadtfest gegangen?«, fragte sie. Und: »Du hattest doch gesagt, ihr wollt zum See?« Und: »Ich denke, an den Wochenenden nimmt er immer seine Söhne?«

Als ich von ihr wissen wollte, warum sie das machte, fragte sie: »Warum macht ihr das? Meint ihr, eure Geschichten helfen irgendwem?«

»Versuch es selbst. Erzähl nach der Dienstbesprechung, dass dein Sohn einen Job gefunden hat. Wollen wir wetten, dass es dir danach besser geht?«

Ein halbes Jahr später war Esthers Tochter aufs Gymnasium gewechselt, Marlies besaß die beste Freundin, die sie sich immer gewünscht hatte, und die Strahlentherapie von Brigittes Mutter hatte endlich angeschlagen. Vielleicht hatte Doris recht, vielleicht machten wir es uns zu leicht. Andererseits war das alles nicht leicht. Sich die Details zu merken, war richtige Arbeit, und die

Versuchung war groß, einen perfekten Freund, eine perfekte Tochter, eine perfekte beste Freundin zu erfinden. Wir hatten uns nie über die Regeln verständigt, dennoch schienen wir unsere Geschichten alle nach demselben Muster zu stricken: Wir bewegten uns ein paar Millimeter neben dem perfekten Leben. Esthers Tochter kam nicht in allen Fächern mit, Marlies' beste Freundin hatte Migräneanfälle, und Thomas arbeitete für meinen Geschmack immer noch zu viel. In der Etage unter uns erzählten ganze Regalreihen solche Geschichten: *Glück ist kein Zufall* stand dort auf den Buchdeckeln, oder *Die Gesetze des Glaubens* – es war doch gut, dass wir an etwas glaubten.

Doris sprang nach den Dienstbesprechungen jetzt immer gleich auf, und in den Mittagspausen ging sie nach unten zum Sachbuch. Ab und zu gelang es mir, sie aufzuhalten.

»Gibt's was Neues von deinem Sohn?«, fragte ich dann, nicht übertrieben laut, doch laut genug, dass die anderen aufmerksam wurden. Jede von uns hätte sich gefreut, eine Geschichte von Doris zu hören. Wir alle wünschten ihrem Sohn einen Job. Sogar einen Geschäftsführerposten hätten wir Doris abgenommen, wir hätten sie die Regeln brechen lassen. Aber Doris ließ sich nicht helfen.

»Nichts«, sagte sie und fiel in sich zusammen.

Sie bekam Rückenschmerzen, und auch wenn sie nicht mehr ganz zur Belletristik zu gehören schien, schoben wir die schweren Bücherwagen für sie und überließen ihr möglichst viele Thekendienste, von denen es wegen der Automaten weniger als früher gab. Trotzdem bekam sie einen Bandscheibenvorfall, und obwohl wir uns nicht mehr viel zu sagen hatten, besuchte ich sie. Sie lag bäuchlings auf dem Bett, ihr Gesicht war blass.

»Kurz bevor es mich umgeworfen hat, bin ich Stefan begegnet«, sagte sie. »Er ist auch wieder in festen Händen.«

»Hoffentlich ist er glücklich. Thomas und ich sind es.«

»Ich sehe, dass es dir gut geht. Aber als du noch mit Stefan gegangen bist, hast du frischer gewirkt.«

Nach ihrer Rückkehr ließ Doris sich zu den Regionalia versetzen. Sie lief langsamer als früher, und sie fiel häufiger aus. Ab und zu trafen wir uns im Fahrstuhl, aber da sahen wir uns kaum in die Augen. Ich fragte nicht, wie es ihr im Erdgeschoss gefiel, und ich redete weder von Thomas, noch erkundigte ich mich nach ihrem Sohn.

Nur einmal – ich glaube, sie arbeitete schon fast anderthalb Jahre bei den Regionalia – sprach sie mich an. Sie hatte den Knopf fürs Erdgeschoss gedrückt und zog sich ihre feste Jacke über, ich suchte in meinem Rucksack nach dem Regenschirm. Als wir schon fast unten waren, sagte sie plötzlich: »Es hat übrigens endlich geklappt. Nur eine Assistenz, dafür ist die Stelle unbefristet – und das, nachdem er drei Jahre arbeitslos war!«

Bevor ich mich für sie freuen, bevor ich überhaupt nachfragen konnte, hatte Doris den Fahrstuhl schon verlassen. Ich sah ihr hinterher, ihr Gang hatte sich verändert. Sie lief die große Treppe beinahe so aufrecht wie früher hinunter, und als sie nach draußen in den Regen trat, zog sie den Kopf nicht ein, obwohl mir die Tropfen schon vom Treppenabsatz aus dick und schwer vorkamen.

Wegen dieser Wut

Es gab eine Zeit, da wollte ich alles sortieren. Ich glaube, dass das noch vor der Sache mit meinem Bruder begann. Es wurde wärmer, und plötzlich störte mich das Durcheinander der Messer in unserer Küchenschublade, mich störten die vielen Gewürzdosen über unserem Herd und vor allem der Kram in meinen alten Umzugskartons. Draußen vor den Häusern tauchten zum ersten Mal diese Umsonst-Kisten auf, und nachdem ich die Gewürze sortiert hatte, zwängte ich mich in die Abstellkammer und sortierte den Inhalt der Kartons. Ich wollte diese Sachen seit Jahren weggeben, jetzt füllte ich endlich eine Kiste mit meinen alten Kuscheltieren und meinen Kinderschuhen, ich füllte sie mit meinem Holzspielzeug und einem Fotoalbum, das leer geblieben war.

»Was soll das werden?«, fragte Jürgen. Als ich es ihm erklärte, schüttelte er den Kopf. »Da machst du mit? Die Leute tun doch nur großzügig, in Wirklichkeit sind sie zu faul, um die Sachen ordnungsgemäß zu entsorgen.«

Ich musste lächeln wie immer, wenn er zu Hause in seine Bürosprache fiel. Er fuhr in die Firma und ich in die Bank, und ein paar Tage später – in meiner Kiste fehlten schon die ersten Sachen – rief Doro an und erzählte mir, mein Bruder habe einen Aussetzer gehabt.

»Was für einen Aussetzer?«, fragte ich.

Sebastian war damals wegen Doro in der Stadt gelandet, auch wenn er gern behauptete, er sei hauptsächlich hierhergekommen, um seine Dissertation zu beenden. Seit Jahren arbeitete er am letzten Kapitel, und wahrscheinlich wusste nicht einmal Doro, ob er wirklich noch daran schrieb. Wenn wir uns trafen, hieß es immer, der Umzug sei genau die richtige Entscheidung gewesen, die Dissertation gehe gut voran. Und nun erzählte Doro, dass Sebastian gestern im Park ein wildfremdes Paar angeschrien habe, und ein paar Tage zuvor hatte er nach einem Hund getreten. Doro war ratlos und wollte den Grund für Sebastians Aussetzer von mir wissen. Ich sagte nichts. Aber vielleicht telefonierte ich mit Doro auch, bevor ich die Sachen zu sortieren begann. Ich weiß es nicht mehr genau.

Je wärmer es wurde, umso mehr Umsonst-Kisten tauchten auf. Auf dem Weg zur Bank fand ich einen Plastikkran für meinen Neffen und ein Seidentuch für mich. Mir war klar, dass diese Kisten nicht unbedingt für Bankangestellte gedacht waren, und trotzdem blieb ich an manchen Tagen vor jeder Kiste stehen. Einmal fand ich eine Papierlampe und stellte zu Hause fest, dass sie nicht funktionierte.

»Habe ich es nicht gesagt?«, fragte Jürgen. »Gestern habe ich vor einem Haus sogar einen ramponierten Nachttisch gesehen.«

»Ein Bastler könnte damit vielleicht etwas anfangen«, sagte ich.

Dann warf ich die Lampe doch in den Müll und legte sie nicht in meine Kiste. Die Kuscheltiere und das Fotoalbum brauchte anscheinend niemand, der Rest ging dagegen ziemlich schnell weg. Wahrscheinlich war es normal, dass ich einen Stich verspürte, wenn ein Paar Kinderschuhe oder eine Holzrassel für immer verschwunden waren. Die Hauptsache war, dass ich mich an den Abenden, wenn Jürgen seine langen Sitzungen hatte, in die Abstellkammer zwängte und meine Kiste auffüllte. Nur als Sebastian mit seiner Familie zu Besuch kam, trug ich die Kiste nach oben. Ich hatte Angst, dass Finn und Merle sich etwas aussuchten. Sie sollten mit unserer Kindheit nichts zu tun haben.

Finn und Merle hatten allerdings keine Augen für irgendwelche Kisten. Sie rannten durch unsere Wohnung und schnappten sich erst mein Handy und dann den Pürierstab, den ich auf dem Küchentisch vergessen hatte. Nachdem Sebastian ihnen alles wieder abgenommen hatte, inspizierten sie die Pflanzen auf unseren Fensterbänken.

»Ist das Basilikum?«, fragte Merle.

»Das ist Minze«, sagte Finn. »Hast du Papa nicht zugehört?«

»Papa ist jetzt Gärtner«, sagte Merle.

»Wolltest du ihnen das überhaupt erzählen?«, fragte Doro.

Ob er es uns erzählen wollte oder nicht – jedenfalls sagte Sebastian, wie niedlich die Laube sei und wie knorrig die Bäume, außerdem habe er den Garten unglaublich günstig bekommen. Für die Dissertation habe er sich eine Pause verordnet, und auch wenn er dadurch seine Stelle verloren habe, sei das genau die richtige Entscheidung. Seiner Dissertation würde es guttun, wenn er für ein paar Monate Tomaten pflanze.

Ich war froh, als die vier sich verabschiedeten. Jürgen und ich saßen auf der Couch, und ich dachte, gleich würden wir uns verschwören wie immer, wenn wir uns mit anderen getroffen hatten. Wir würden durchgehen, wer wann was gesagt hatte, wir würden abschätzen, welches Maß an Unzufriedenheit daraus folgte, und wir würden zu dem Schluss kommen, dass wir mit unserem Leben vergleichsweise zufrieden waren.

»Ich kapiere das nicht«, sagte ich. »Was macht er den ganzen Tag in seinem Garten?«

»Du machst dasselbe.« Jürgen sah mich nicht an. »Er wirft seine Dissertation weg, du wirfst deine Kindheit weg. Denkst du, ich merke nicht, dass deine Kiste sich immer wieder füllt?«

»Ich bin anders, ich schiebe mein Leben nicht vor mir her. Und du musst nicht glauben, dass du alles merkst.«

Ich legte ein Steckspiel und ein Puzzle in meine Kiste, innerhalb eines Tages war beides verschwunden. Auch für die Kuscheltiere fanden sich erste Abnehmer. Nur das Fotoalbum war immer noch da, wahrscheinlich weil niemand mehr Fotos in Alben klebte. Jeden Morgen sah es mich an, als wollte es sagen, dass Sebastian und ich keine Kindheit hatten. Dabei war auch unsere Mutter mit uns an den See gefahren, einmal waren wir sogar nach Italien geflogen. Sebastian und ich bauten Sandburgen, wir sammelten vergessene Sandförmchen ein und bekamen von den Eisverkäufern an der Promenade so viele Plastiklöffel geschenkt, wie wir wollten. Auch dort wurden wir keinen Moment das Gefühl los, dass unsere Mutter lieber allein gewesen wäre. Auch dort spürten wir diese Wut in ihr, eine Wut auf die düstere Ferienwohnung oder auf den überfüllten Strand, eine Wut auf uns oder – zumindest glaube ich das heute – eine Wut auf sich selbst. Aber wegen dieser Wut warf man seine Dissertation nicht hin, wegen dieser Wut schrie man nicht wildfremde Leute an. Und ich stand ja mit beiden Beinen im Leben, zumindest fanden das die anderen – die anderen, die mich kannten. Vielleicht hätte ich ihnen von meiner Wut erzählen müssen. Auch ich wollte manchmal Leute anschreien, ich wollte auf die Straße rennen und schreien. Manchmal war ich so wütend, dass ich ein Messer zücken und ein anderes Leben fordern wollte, jeder sollte sein Leben herausrücken, ausnahmslos jeder.

Ich meldete mich nicht mehr bei Sebastian und ging erst ans Telefon, als er innerhalb eines Tages zum dritten Mal anrief. Er hatte sich entschieden, für vier Wochen in die Parkklinik zu gehen, er sagte, die Entscheidung sei genau richtig. Die Ärzte seien nett und die Therapien interessant. Er bat mich, gelegentlich mit Doro zu telefonieren, und als ich das endlich tat, bat Doro mich, mit Finn und Merle ins Kino oder ins Freibad oder sonst wohin zu gehen.

In anderen Kisten entdeckte ich angeschlagene Tassen und Videokassetten, die wirklich niemand benötigte, und Jürgen sagte nichts zu den Eisenbahnschienen und den Kinderbüchern in meiner Kiste. Immerhin sprachen wir über die frostige Stimmung, die sich im Frühjahr in unsere Wohnung geschlichen hatte und einfach nicht verschwinden wollte. Wir einigten uns darauf, nicht zu viel zu analysieren und lieber im August zu verreisen. Auch da wurde es zwischen uns nicht wärmer.

Nach dem Urlaub lud Sebastian mich in seinen Kleingarten ein.

Jürgen hatte von Doro erfahren, dass mein Bruder einen unverschämten Brief an seinen Doktorvater geschrieben hatte. Er hatte den Seitenspiegel eines Autos abgeschlagen, er hatte einen kleinen Jungen auf die Straße geschubst, aber ich besuchte Sebastian nicht. In der Bank war einiges zu tun, daran lag es jedoch nicht. Ich hatte ein schlechtes Gewissen, dass ich nicht hinfuhr, vor allem, weil Sebastian die Wahrheit wusste. Die Wahrheit war, dass wir uns viel zu ähnlich waren. Ich wünschte, es wäre anders gewesen, aber mein Bruder war wie ich, ich war wie mein Bruder, und deshalb wollte ich ihn nicht sehen.

Als der Herbst kam, verschwanden die meisten Kisten. Auch ich trug meine nach oben. Außer dem Fotoalbum war nicht mehr viel darin, ich sortierte alles zurück in die Umzugskartons. Danach fanden Jürgen und ich unseren Gleichschritt wieder. Wir gingen ins Kino oder öffneten eine Flasche Wein, manchmal spielten wir Schach. Wenn wir am Wochenende kochten, mussten wir wieder lange nach dem passenden Gewürz suchen, und als ich ihm endlich erzählte, ich hätte manchmal Angst, dass auch ich jemanden wegschubste, dass auch ich jemanden anschrie, dass ich auf die Straße rannte oder mich einfach aus dem Fenster fallen ließ, nahm er mich in den Arm.

»Hat diese Angst nicht jeder?«, fragte er, und ich hätte ihm widersprechen müssen. Aber ich wollte ihn nicht enttäuschen.

Es war meine Schuld, dass Doro mit dem letzten Anruf fast eine Woche wartete. Ich hätte ihr das gern vorgeworfen, aber dazu hatte ich kein Recht. Erstaunlich ruhig erzählte sie, dass Sebastian und sie gestritten hatten, erst über die Kokosmilch, die Sebastian im Supermarkt vergessen hatte, dann darüber, ob Sebastian schon vor dem Einkauf schlechte Laune gehabt hatte, und dann darüber, ob Sebastian an den Wochenenden grundsätzlich schlechte Laune hatte. Sie erzählte, wie Sebastian in einem Moment noch in der Küche stand und sie aus leeren Augen ansah und wie er im nächsten Moment zu einem Messer griff und sich damit im Badezimmer einschloss. Plötzlich war es ruhig, so ruhig, dass Doro die Polizei anrief. Während ein Polizist mit Finn und Merle spielte, brach der andere die Badezimmertür auf, und seitdem war Sebastian wieder in der Parkklinik.

Ich besuchte ihn noch am selben Tag. Wir saßen in einem großen Zimmer, der Tisch zwischen uns war spiegelglatt, mein Bruder sah gut aus. Er sah aus wie jemand, der mit beiden Beinen im Leben stand, und er sagte, dieser zweite Klinikaufenthalt sei genau die richtige Entscheidung. Er sagte noch mehr, aber ich konnte nicht zuhören, weil ich an die Kiste dachte, die den ganzen Sommer vor unserem Haus gestanden hatte. Ich dachte an das leere Fotoalbum, das ich nicht losgeworden war, und ich dachte, jemand in mir hörte nicht auf zu denken: Bald sitzt du auf seinem Stuhl. Irgendwann ist dein ganzes gutes Leben zum Teufel, und dann wirst du dort sitzen.

Der dritte Wolf

Es ist Samstag, und wir frühstücken gerade, als der erste Wolf auftaucht. Noch wohnen wir in der Eisenbahnstraße, über uns ziehen neue Mieter ein. Meine Eltern sitzen auf der alten Küchenbank, und an ihnen vorbei kann ich beobachten, wie der Gehsteig sich mit Kartons und Möbeln füllt.

»Vielleicht haben sie ein Kind in deinem Alter«, sagt meine Mutter.

»Ihr könnt im Hinterhof eine Bude bauen«, sagt mein Vater.

»Damit Frau Fischer ihre Katze auf uns hetzt?«, frage ich.

Wir lachen, und später lauere ich am Fenster. Ich entdecke Grünpflanzen, einen Globus und helle Jugendmöbel, ähnlich wie jene, die ich mir für mein neues Zimmer ausgesucht habe. Den Besitzer dieser Möbel entdecke ich vorerst nicht, nur seine blassen, dünnen Eltern.

Meine Mutter ist es, die zuerst mit dem neuen Nachbarsjungen spricht. Er ist so alt wie ich, sagt sie, und wechselt im Sommer auf meine Schule.

»Vielleicht findest du das seltsam«, sagt sie. »Schließlich ist er ein Junge, trotzdem sieht er dir ähnlich. Ich kann gar nicht sagen, was es ist, am ehesten der Mund.«

Am Nachmittag, als der Junge bei uns klingelt, schrecke ich zurück. Er ist so dünn wie seine Eltern, aber blass ist er nicht. Sein Gesicht, seine Hände, seine Arme, alles ist dunkel – bedeckt mit dunklem Fell. Der Junge ist ein Wolf, und hinter mir taucht meine Mutter auf und fragt: »Siehst du die Ähnlichkeit?«

Ich würde lieber tot umfallen, als den Jungen in mein Zimmer zu bitten. In den nächsten Wochen aber hockt er dort, spielt meine Videospiele und blättert in meinen Zeitschriften. Mit seinen Krallen zerreißt er versehentlich die Seiten, und wenn er seine Fanta trinkt, klirrt das Glas gegen seine Reißzähne. Ich rede nur das Nötigste mit ihm. Irgendwann bemerkt er das und klingelt nicht mehr, und als plötzlich Frau Fischers Katze verschwindet, grüße ich ihn nicht einmal mehr.

Wenn meine Eltern nicht mit unserem Umzug beschäftigt wären, würden sie mich wahrscheinlich nach dem Jungen fragen. So habe ich meine Ruhe, und im Sommer beziehe ich mein neues Zimmer am Stadtrand. Dort liege ich auf meiner großen Matratze und chatte stundenlang mit Mara. Zu jedem Essen müssen meine Eltern mich rufen, und dann sitze ich am Tisch und beantworte ihre Fragen so knapp wie möglich. Manchmal denke ich daran, dass wir in der Eisenbahnstraße noch zusammen gelacht haben. In einem dieser Momente frage ich: »Und der Junge sah mir wirklich ähnlich?«

»Bei sich selbst sieht man so etwas nicht«, sagt meine Mutter, und mein Vater sagt: »Außerdem sind deine Krallen bei weitem nicht so lang wie seine.«

Ich will ihnen erzählen, dass der Junge vielleicht Frau Fischers

Katze gerissen hat. Aber plötzlich bekomme ich Angst, dass meine Eltern dann erst recht auf der Ähnlichkeit beharren. Also schweige ich, und sie bemühen sich noch für ein paar Monate, dann stellen sie auch keine Fragen mehr.

Als der zweite Wolf auftaucht, habe ich den ersten beinahe schon vergessen. Eine ganze Weile habe ich noch an ihn gedacht. Ich denke an ihn, als ich den MP3-Player klaue und als ich mit Maras Freund schlafe und als ich meinen Eltern sage, dass sie mein Leben rein gar nichts angeht. Während meines Studiums verschwindet der Wolf aus meinen Gedanken. Jura gefällt mir nicht besonders, die meiste Zeit verbringe ich vor der Bibliothek. Dort treffe ich Jan, der mich um eine Zigarette bittet und in der Woche darauf zum Kaffee einlädt. Er liest ein Buch pro Tag, das finde ich faszinierend. Weniger faszinierend finde ich die Vorträge, die er mir über Verantwortung hält, und in seiner WG ist es erschreckend sauber. Unsere Spanienreise wird trotzdem witzig, und wenn Jan nicht ständig von seiner Exfreundin anfangen würde, hielte ich es noch besser mit ihm aus. Die meisten haben einen Bogen um sie gemacht, sagt er, ihm gefiel jedoch, dass sie ihn angreifen konnte wie sonst niemand. Er sagt, ich muss sie kennenlernen, denn wir ähneln uns.

Auf Exfreundinnen habe ich keine große Lust, doch dann laufen wir ihr zufällig über den Weg, nachts, in einem Club. Auch im Zwielicht sehe ich die dunklen Haare auf ihren Armen, die Krallen an ihren Fingern und die Reißzähne in ihrem Mund. Ich ziehe Jan zur Seite und frage: »So siehst du mich? Wie eine Wölfin?«

»Deshalb habe ich dich angesprochen.«

»Spinnst du jetzt?« Ich lasse ihn und seine Wölfin einfach stehen. Jan will, dass ich seine Exfreundin noch einmal treffe. Vielleicht würde ich dann verstehen, warum er mich liebt, und ich würde endlich in meine Seminare gehen. Er sagt, ich sei zu klug, um meine Reißzähne und Krallen nicht einzusetzen. Auf unserer zweiten Spanienreise lachen wir nicht halb so viel, nach der Rückkehr hören wir für ein paar Tage nichts voneinander. Als ich im Prüfungsamt meine Noten einsehen will, erfahre ich, dass ich nur ein einziges Seminar bestanden habe. Sofort fahre ich zur Bibliothek, als würde das jetzt noch etwas nützen. Davor steht Jan, er raucht und grinst unsicher.

»Du bist braun geworden«, sagt er. »Warst du etwa in Spanien?«

»Vielleicht will ich sie doch treffen«, sage ich.

Sofort ruft er seine Exfreundin an, sie will bei sich zu Hause auf mich warten. In ihrem Viertel bin ich noch nicht oft gewesen. Die Straßen sind eng, sie steht im Schatten des Hauseingangs. Bei meinem Anblick tritt sie ins Licht und zeigt ihre Zähne. Eine Frau mit Kinderwagen wechselt erschrocken die Straßenseite, ich drehe mich um und renne. Als Jan mich später anruft, nehme ich nicht ab. In den folgenden Wochen gehe ich überhaupt nicht ans Telefon.

Einmal begegnen wir uns noch, nicht vor der Bibliothek, nicht im Club, sondern am See. Ich liege dort im Schatten einer jungen Birke und lese *Der Verfolger*, den Jan bei mir vergessen hat. Wir wechseln ein paar Worte über den Roman, dann sage ich: »Wahrscheinlich stimmt es, dass wir uns ähnlich sind. Siehst du sie noch?«

»Von Zeit zu Zeit. Jedes Mal fährt sie ihre Krallen aus, danach fühle ich mich wie neugeboren. Was machen deine Krallen?«
»Müssen noch wachsen.« Ich senke den Blick wieder ins Buch.

Nach dem zweiten Wolf rechne ich jederzeit mit einem dritten. Ich rechne mit ihm, als ich Jura endlich abbreche und mich für Medizin einschreibe, und diesmal lasse ich kein Seminar ausfallen. Ich rechne mit ihm, als ich erst Andreas und dann Konrad treffe, und ich rechne mit ihm, als ich mein erstes Krankenhauspraktikum absolviere. Dort lerne ich Holger kennen, der nicht von Wölfen redet und trotzdem selten einer Meinung mit mir ist. Wenn wir streiten, zuckt er manchmal zurück, als würde auch er meine Reißzähne und Krallen sehen. Nach den großen Kämpfen ziehen wir zusammen, und ich vergesse nach und nach die beiden Wölfe.

Wir sind zuerst bestürzt, als ich feststelle, dass ich schwanger bin. Nach wenigen Tagen aber freuen wir uns. Mein Herz steht still, als der Arzt in der zehnten Woche sagt: »Bleiben Sie sitzen, das muss ich mir genauer anschauen.« Er drückt noch mehr Ultraschallgel auf meinen Bauch, bevor er sagt: »Es scheint ein kleiner Wolf zu sein.« Da erst schlägt mein Herz weiter.

Holger möchte unbedingt, dass wir den Wolf bekommen, auch wenn wir ihn zu diesem Zeitpunkt noch ohne große Umstände entfernen könnten. Am Ende eines langen Streits verwende ich genau dieses Wort – *entfernen* –, und Holger wird richtig wütend. Er fragt mich, wer das Raubtier ist, das Wesen in meinem Bauch oder ich? Ich verlasse unsere Wohnung und schleiche um die

Praxis, dann rufe ich meine Eltern an. Auf der Stelle fällt ihnen der Junge aus der Eisenbahnstraße ein. Sie wissen, dass er meinetwegen weggeblieben ist, und sie wissen, dass auch bei Jan etwas mit einem Wolf vorgefallen sein muss.

»Es ist nicht einfach mit einem Wolf in der Familie«, sagt meine Mutter.

»Mit Menschen ist es aber auch nicht besser«, sagt mein Vater.

Bald kann ich den kleinen Wolf strampeln spüren, mein Bauch wächst allerdings nur langsam. Erst im siebten Monat werde ich auf die Schwangerschaft angesprochen, und wenn ich dann nicht sage, dass ich einen Wolf erwarte, tritt er mir besonders heftig in die Rippen.

Lange finden wir keine Klinik, die kleine Wölfe entbindet. Als wir endlich eine Zusage bekommen, bleibt plötzlich nur noch eine Woche. Im letzten Moment kaufen wir ein stabiles Bett und Strampler, die uns für einen Wolf nicht allzu lächerlich erscheinen. Dann fahren wir schon durch die nächtliche Stadt. Kaum sind wir angekommen, habe ich das Wissen aus meinen Vorlesungen komplett vergessen. Da sind nur noch die Anweisungen der Hebammen, da sind meine Schreie und Holgers Hände, die ich wegschlage. Dann spüre ich das feuchte Fell des kleinen Wolfs auf meinem Oberkörper, es ist viel weicher als Menschenhaut. Seine gelben Augen leuchten, seine Lippen schließen sich um meine Brust. Auch wenn er mir mit seinen Reißzähnen wehtut, wünsche ich mir nichts anderes, als dass er trinkt, soviel er will.

»Er sieht aus wie du«, flüstert Holger.

»Das weiß ich doch«, flüstere ich. »Willkommen, kleiner Wolf. Auch ich habe Reißzähne und Krallen, damit werde ich dich beschützen.«

Ein Herz vom Gipfel des Berges

Ich sitze mit den anderen auf der Veranda der Herzklinik und betrachte den Berg. Selbst aus der Ferne wirkt er gewaltig, auf seinem Gipfel glitzert graues Eis. Kalt und grau, so fühle ich mich, seit ich aus der Narkose erwacht bin. Frau Dr. Schütz sagt, es sei normal, dass ich fröstele. Ich soll mich nicht sorgen, sagt sie, und vor allem soll ich nicht darüber nachdenken, woraus mein neues Herz besteht. Ich gebe mir Mühe, ihren Worten zu folgen. Rosa und Olga, Jochen und Waltraut und den anderen hier scheint das leichter zu fallen.

Von der Veranda ist der Blick auf den Berg am besten. Seit dem Frühstück sitzen wir hier, Rosa summt eine fröhliche Melodie. Außer uns und dem Berg gibt es hier nicht viel. Es gibt die Mahlzeiten, es gibt Schwester Sarahs Kurse, in denen wir atmen oder schreien oder den Mond in die Luft zeichnen sollen, und es gibt den Fernsehraum.

»Was summst du?«, fragt Jochen.

»Nur ein Lied«, sagt Rosa.

»Was für ein Lied?«

»Ein Lied, das ich geschrieben habe.«

»Du kannst komponieren?«

»Das wäre zu viel gesagt.«

»Nun erzähl schon.«

»Wollt ihr die ganze Geschichte hören?«

Ein paar nicken, und Rosa erzählt: Eigentlich ist sie Ingenieurin, und ihre Arbeit macht ihr keinen Spaß, trotzdem macht sie weiter. Sie hat immer weitergemacht, sagt sie, in der Schule, an der Uni, nie hat sie innegehalten, und ich weiß sofort, was sie meint. Aber dann, Rosa hat gerade eine begehrte Stelle im Bauamt angetreten, fallen ihr plötzlich diese Texte ein: *Es ist Sommer und du fährst zum Strand, dort sind Wellen und eimerweise Sand. Doch der Himmel ist regentonnengrau – nimm einen Pinsel und mal ihn blau.* Wie von selbst kommen die Melodien hinzu, und ihr Bruder überredet sie, ihre Lieder aufzunehmen. Natürlich kommt sie nicht beim ersten Label unter, irgendwann erscheint jedoch ihre CD. Rosa kann kaum glauben, wie einfach alles ist. Ohne dass sie es jemals vor Augen hatte, führt sie genau das Leben, das sie immer führen wollte. Bei ihren Auftritten singen die Kinder lauthals mit: *Und dann wollen deine Eltern wandern, kilometerweit am Strand entlang mäandern. Und der Himmel strahlt hitzeblitzeblau – nimm einen Pinsel und mal ihn grau.*

Die anderen summen, und ich überlege gerade einzustimmen, als es plötzlich sehr still wird. Frau Dr. Schütz ist auf die Veranda getreten, mit ihren zarten Lippen und ihrem weichen Haar. Sie zeigt auf den Berg und fragt: »Sieht der nicht wunderschön aus?«

Der Berg strahlt jeden Tag, früher hätte ich vielleicht versucht, ihn zu malen. Jetzt setze ich mich nach dem Frühstück einfach auf die Veranda. Seit Rosa damit begonnen hat, erzählen auch die anderen ihre Geschichten. Manche wundern sich, dass sie darüber wieder reden können, manche schlafen mitten im Erzählen ein. Waltraut und Steffen ist das passiert, doch wir alle haben mit dieser Nebenwirkung zu kämpfen. Natürlich, auch die Narbe juckt, unangenehmer aber ist, dass das neue Herz noch nicht richtig pumpt. Wir sind schlapp, manche von uns schnappen plötzlich nach Luft. Von Geschichte zu Geschichte werde ich unsicherer, ob dieses neue Herz nicht doch besser ist, auch wenn es uns von Zeit zu Zeit einschlafen lässt.

Olga kommt mit einem Loch im Herz zur Welt, in das vor Jahren ein Mann geschlüpft ist, der auf Pferde- und Hunderennen wettet, und obwohl er bald auch Olgas Geld verbraucht hat, kann sie sich nicht anders von ihm lösen als durch ein neues Herz. Waltraut arbeitet schon viele Jahre im Supermarkt, als ein junger Kerl in ihre Kassenlade greift und die Kohle verlangt. »Von mir kriegst du gar nichts!« Waltraut knallt die Lade zu und bricht dem Kerl damit die Finger. Das schlägt ihn in die Flucht, aber Waltrauts Herz hört danach nicht mehr auf zu rasen. Anselm ist in die Herzklinik gekommen, bevor seine Geschichte überhaupt beginnen konnte, nur eine Stunde, nachdem er von zwei Polizeibeamten erfuhr, dass seine Frau von der Autobahnbrücke gesprungen ist, nicht ohne zuvor den Inhalt ihrer Handtasche unter dem Geländer aufgereiht zu haben: die Schlüssel, die Schminksachen, das Portmonee mit den Fotos der Kinder. Die leere Tasche hat sie mit in den Tod genommen.

Rosas Geschichte ist länger: Nachdem ihre CD erschienen ist, beginnt sie, damit zu reisen. Sie tritt in Dorfschulen und kleinen Bibliotheken auf, und abends liegt sie in den weichen Betten von abgelegenen Landgasthöfen, mit Kinderstimmen im Ohr und einem kleinen Geräusch – ist jemand draußen im Flur? Als Rosa das Geräusch zum ersten Mal hört, klopft ihr Herz schnell, aber sie schläft ein. Beim zweiten Mal schiebt sie einen Sessel vor die Tür und schläft ein. Beim dritten Mal liegt sie trotz des Sessels zwei Stunden wach. Aus zwei Stunden werden drei Stunden, vier Stunden, fünf Stunden. Dann schaut Rosa nachts nicht mehr zur Uhr, dann steht sie morgens auf, ohne einen Augenblick geschlafen zu haben. Nicht so schlimm, sagt sie sich, im Bett zu liegen, ist auch erholsam, und Hauptsache, sie schläft vor den Auftritten. Bald klopft Rosas Herz auch in diesen Nächten zu schnell, auch in ihrer eigenen Wohnung hört sie dieses kleine Geräusch. Sie sagt ihre Auftritte ab, das Geräusch verschwindet nicht, sie redet mit ihrer Freundin, das Geräusch verschwindet nicht. Tagelang geht sie durch die Straßen, mehr als einmal muss ein Auto für sie bremsen. Bevor sie überfahren werden kann, ruft sie ihren Bruder an. Der bringt sie in ein Krankenhaus, nach langen Gesprächen entscheidet sie sich für die Herzklinik.

Rosa kann schön erzählen, vielleicht weil sie die Bühne kennt. Ich kann mir gut vorstellen, wie die Kinder an Rosas Lippen hängen. Vielleicht hat Rosa ihr neues Herz nicht allzu sehr verändert. Vielleicht haben wir uns alle kaum verändert. Vielleicht müssen wir alle nur immer noch eine Jacke oder einen Pullover überziehen, weil wir frösteln, und Anselm denkt eben kaum noch an seine

Frau, ich denke eben kaum noch an meine Bilder, und Rosa gehen keine Melodien mehr durch den Kopf.

Ich bin nicht die Einzige, die an Schwester Sarahs Kursen nur widerstrebend teilnimmt. Ich kann bereits atmen, und ich will weder Mond noch Sterne zeichnen. Als ich mich umschaue, trifft mich Jochens Blick. Jochen hat seine Geschichte auch noch nicht erzählt, und das liegt sicher nicht nur daran, dass er am häufigsten von uns einschläft. Er schläft sogar beim Essen ein, mit der linken Hand im Brokkoli. Zuerst denken wir uns nichts dabei und leeren unsere Teller. Auch als wir das Kompott gegessen haben, schläft er noch. Rosa sagt Schwester Sarah Bescheid, und Schwester Sarah sagt Frau Dr. Schütz Bescheid. Frau Dr. Schütz sieht schmerzlich schön aus, als sie erst an Jochens rechter Hand und dann an der linken – der im Brokkoli – den Puls misst. Sie sieht selbst noch elegant aus, als sie ihn auf den Boden legt. Von dort heben ihn zwei Krankenpfleger auf eine Bahre.

Den ganzen Nachmittag ist es ruhig in der Herzklinik. Niemand schaltet den Fernseher ein, niemand erzählt seine Geschichte, und Schwester Sarah lässt alle Kurse ausfallen. Wir sitzen auf der Veranda und betrachten den Berg, ab und zu geht jemand ins Haus und telefoniert. Rosa ruft eine Tontechnikerin an, mit der sie zweimal ausgegangen ist, Olga spricht mit ihrer besten Freundin, die die Erleichterung über das neue Herz so laut in den Hörer schreit, dass wir es bis auf die Veranda hören. Ich könnte meine Eltern anrufen, aber ich weiß nicht, ob ich mit ihnen reden will.

Anselm und Steffen verabschieden sich, sie haben sich auf eigene Verantwortung entlassen. Als ihr Taxi auf der Landstraße verschwunden ist, betrachten wir wieder den Berg, hinter dem die Sonne versinkt. Das Eis auf seinem Gipfel glitzert erst gelb, dann orange und dann rot. Dann muss ich eingeschlafen sein. Als ich wieder aufwache, sind die Sonne und die anderen verschwunden. Seit dem Mittagessen habe ich Frau Dr. Schütz nicht gesehen, jetzt entdecke ich im Grau des Gartens ihre schlanke Gestalt. Langsam betritt sie die Veranda und sagt: »Einmal wollte ich den Berg bezwingen. Mein Mann lebte noch, wir hatten schon einige Berge erklommen. Normalerweise hat er die Haken gesetzt, diesmal wollte ich vorsteigen. Uns fehlten höchstens zwanzig Meter, und selbst die hätte ich noch bewältigt. Den Abstieg aber hätte ich nicht mehr geschafft.«

»Sie haben zwanzig Meter vor dem Gipfel aufgegeben?«

»Selbst ganz oben muss man an den Abstieg denken.«

Ich warte, dass Frau Dr. Schütz fortfährt. Sie könnte sagen, dass sie es noch einmal versuchen will, oder sie sagt, dass unsere Herzen aus dem Eis bestehen, das den Gipfel des Berges bedeckt. Aber sie geht ohne ein weiteres Wort ins Haus.

Eine Woche vergeht schnell, wenn man jede Nacht schlafen und tagsüber immer jemandem zuhören kann. Nach einer Woche weiß ich, wer bereits eine Viertelstunde vor den Mahlzeiten im Speiseraum sitzt, ich weiß, wer am Abend zuletzt die Veranda verlässt. Meine Runden durch den Klinikpark sind größer geworden, ein paar von uns haben sich sogar in den Fitnessraum gewagt.

Schwester Sarah zieht die Fäden, die sich nicht aufgelöst haben, Frau Dr. Schütz ist zufrieden mit uns. Mit meinem alten Herz würde ich den Abschied vielleicht fürchten, mit dem neuen Herz empfinde ich höchstens ein leichtes Ziehen, das auch von der Narbe stammen könnte.

Am letzten Morgen sitze ich mit den anderen noch einmal auf der Veranda. Heute verbirgt sich der Berg hinter einer Wolke, als wollte er uns den Abschied erleichtern. Zwei Stunden bleiben uns, dann gibt es Mittagessen, danach bringt der Klinikbus uns in die Stadt.

»Ich werde das Essen vermissen«, sagt Waltraut.

»Und ich den Atemkurs«, sagt Olga.

»Ich werde euch vermissen«, sagt Rosa. »Euch und eure Geschichten. Schade, dass wir Jochens Geschichte nie erfahren haben.«

Ich merke, dass ich mir Jochens Gesicht nicht mehr vor Augen rufen kann. Ich weiß nicht einmal mehr, ob seine Haare hell oder dunkel waren, und ich höre mich fragen: »Habt ihr noch Zeit für eine Geschichte?«

In meiner Geschichte stirbt niemand, es gibt keine Ladendiebe, es gibt nicht einmal einen Mann. Meine Geschichte ähnelt Rosas Geschichte, es passiert darin nicht viel. Es ist nur die Geschichte von einer, deren Bilder in Schulfluren und Kinderbibliotheken hängen und der beim Aufnahmegespräch an der Kunstakademie gesagt wird: »Sie wissen selbst, dass Sie genommen sind. Wir reden jetzt nur noch ein paar Minuten pro forma.«

Es ist die Geschichte von einer, deren Herz in den ersten Wochen an der Akademie zu klopfen beginnt, denn die anderen – malen die nicht genauso gut, malen die nicht besser? Haben die nicht die besseren Ideen, und sind sie nicht viel produktiver? An der Akademie gelingt es mir noch, mich abzulenken, und wenn ich gar nicht weiterkomme, lege ich eine Pause ein und verreise. Nach dem Studium funktioniert das nicht mehr. Selbst auf Reisen entdecke ich überall Bilder von einer Kraft, die ich niemals erreichen werde, und es spielt keine Rolle, dass meine Kraft vielleicht eine andere ist. Ich bin dreißig, als mein Herz sich nicht mehr beruhigt. Ich kann nicht mehr malen, weil ich nicht schlafen kann, und ich kann nicht mehr schlafen, weil ich nicht malen kann. Ich halte viel länger durch als Rosa, fast fünf Jahre. Über Monate trägt Rotwein mich in den Schlaf, später helfen mir Tabletten. Mein Herzmuskel entzündet sich, dann die Herzinnenhaut, ich liege wochenlang im Krankenhaus. Von dort haben meine Eltern mich ohne mein Wissen hierher bringen lassen, auf dem Weg war ich zwei Minuten tot. Selbst als ich davon erzähle, schlägt mein neues Herz einfach weiter.

»Und ab morgen malst du wieder?«, fragt Rosa.

»Ich weiß es noch nicht. Gehen wir essen?«

Wir gehen in den Speiseraum, wo eine Kürbissuppe auf uns wartet, so herrlich warm, wie ich lange keine Kürbissuppe gegessen habe. Ganz vergeht das Frösteln trotzdem nicht, das macht mir jedoch keine Sorgen mehr. Draußen fährt der Klinikbus vor, Rosa stimmt das Lied vom ersten Tag an. Diesmal unterbricht Frau Dr. Schütz uns nicht. Nach vier oder fünf Strophen beherrschen wir alle den Refrain und singen mit: *Wenn wir wollen, ist die ganze Welt bunt. Wenn wir wollen, ist die Erde rund. Wir sagen einfach: So, nicht so! Wenn wir wollen, sind wir immer froh.* Unsere Stimmen passen viel besser zueinander als vor einer Woche. Es ist schade, dass wir uns nicht wiedersehen werden, und wenn wir uns doch wiedersehen, erkennen wir uns vielleicht nur noch daran, dass wir eine Jacke oder einen Pullover zu viel tragen. Olga wird ihre Schulden abbezahlen, Waltraut wird wieder an der Kasse sitzen, und ich könnte in der Herzklinik einen Zeichenkurs anbieten. Ich glaube, das reicht für den Moment. Mein Blick wandert zu Frau Dr. Schütz. Sie singt nicht mit, aber ihre Lippen zeigen ein Lächeln. Zum ersten Mal frage ich mich, ob auch in Frau Dr. Schütz' Brust ein neues Herz schlägt. Aber was spielt ihr Herz für eine Rolle, solange sie diese zarten Lippen hat, und was spielt es für eine Rolle, woraus unsere Herzen bestehen, solange wir wieder singen können.

Die Jahre danach

»Kommst du zum Essen?«, ruft Gregor. Er ruft schon zum dritten Mal. Ich klappe den Rechner zu und gehe in die Küche. Gregor sitzt am Tisch, als wohnte er noch hier. Er stellt auch dieselben Fragen wie früher: »Geht es mit der Übersetzung voran?«

Mirja greift nach dem Holundersirup. Wie immer bekomme ich den Deckel nicht auf, Gregor nimmt mir die Flasche aus der Hand. Den Sirup haben wir noch zu dritt eingekocht. Im April haben wir die weißen Blüten gesammelt, Mirja durfte das heiße Zuckerwasser rühren. Im Mai wurde die Erdgeschosswohnung frei, und gemeinsam haben wir beschlossen, dass Gregor hier aus- und unten einzieht. Seitdem wechselt Mirja wochenweise, und von Anfang an stand für Gregor außer Frage, dass wir die Übergabeabende gemeinsam verbringen.

Nach dem Essen nimmt Gregor Mirja in den Arm.

»Ich will lieber bei dir bleiben«, flüstert sie.

»Du kannst jederzeit bei mir klingeln«, sagt Gregor.

Unten fällt seine Wohnungstür ins Schloss.

Bis zwei Uhr morgens übersetze ich, dann lege ich mich hin. Drei Stunden später bin ich schon wieder wach, in letzter Zeit brauche ich nicht mehr viel Schlaf. Ich betrachte die roten Ziffern der digitalen Uhr, dann bestelle ich endlich Mirjas Ranzen. Die Laternen werfen die Schatten der Linde auf die Tastatur. Als die Lichter eines nach dem anderen ausgehen, wecke ich Mirja und bringe sie zum Kindergarten. Beide sind wir matt und schweigsam. Auf dem Rückweg treffe ich Gregor.

»Können wir das mit den gemeinsamen Abenden vielleicht lassen?«, frage ich.

»Wäre dir das lieber?«

»Ich meine das nicht böse.«

Gregor will mich umarmen, hält sich aber zurück. Wir müssen den Abstand zwischen uns wahren. Der Abstand hilft uns, Mirja hin- und herzugeben, und er hilft Mirja, nicht ganz zu verstummen.

Weil ich wenig schlafe, gebe ich die Übersetzung vorzeitig ab. Die Lektorin ist begeistert, und ich nutze meinen seltsamen Zustand, um zum dritten Mal einen spanischen Titel zu erbitten. Ich will von den englischsprachigen Liebesromanen weg, von ihren durchschaubaren Figuren und ihren schnellen Dialogen. Wieder bekomme ich eines dieser Bücher. Ich achte darauf, dass sich meine Langeweile nicht auf die deutschen Sätze überträgt. In den Nächten gelingt mir das besser, manchmal lege ich mich nur für eine Stunde hin. Ich wecke Mirja zeitiger als sonst, damit wir auf dem Weg zum Kindergarten trödeln können. Unter einem Brombeerstrauch entdecken wir eine Höhle, in der ein Hase oder eine Zwergenfamilie wohnen könnte.

Im Juli fahren wir für eine Woche an die Ostsee, auch dort

klappen meine Lider jede Nacht nach wenigen Minuten wieder auf. Irgendwie überstehe ich die langen dunklen Stunden. Zurück in der Stadt lasse ich mich von Bettina überreden, endlich wieder auszugehen.

»Du kannst nicht immer zu Hause hocken«, sagt sie. »Da wirst du verrückt.«

»Vielleicht bin ich es schon. Ich schlafe nicht mehr.«

»Gar nicht mehr?«

Ich nicke.

»Ist doch gut.«

»Du findest das nicht seltsam?«

Bettina schüttelt den Kopf. »Du bist nicht die Einzige, die wenig schläft.«

Vielleicht kann sie mir einen der anderen vorstellen, einen Mann am besten, der die gleichen wachen Augen hat wie ich, diese Augen, die ich aus jenen Nächten kenne, als Gregor und ich noch studierten und auf Partys gingen. Danach fanden wir Jobs und zogen zusammen, wir stellten fest, mit dem anderen absolvieren wir den Alltag wie mit sonst niemandem, mit dem anderen können wir Urlaub machen wie mit sonst niemandem. Dann kam Mirja, und die ersten drei, vier Jahre ging alles gut. Plötzlich warf Gregor mir vor, dass ich mich heimlich verabschiede. Im Nachhinein denke ich, er hatte recht. Im Nachhinein sehe ich die Mühe, die mir alles machte – die ständigen Absprachen, die immer gleichen Pläne für die Wochenenden. Ich bin mir bloß nicht sicher, von wem ich mich verabschiedet habe, von ihm, von Mirja, von ihnen beiden oder von mir.

Der Mann, mit dem Bettina mich bekannt macht, schläft nachts reglos wie ein Stein. Immerhin lesen wir dieselbe Zeitung und kommen im Bett miteinander aus. Dennoch entsteht nichts Richtiges. Gregor muss nach der Einschulungsfeier sofort weiter. Er hat eine Frau kennengelernt, deren älteste Tochter ebenfalls eingeschult wird. Obwohl ich nicht schlafe, gerate ich mit dem spanischen Buch, das ich endlich bekommen habe, in den Rückstand. Die spanischen Liebesromane sind nicht besser, sie betrügen den Leser auf dieselbe Weise. In einer Dezembernacht sehe ich zu, wie der Reif sich auf die letzten Lindenblätter legt. Am liebsten würde ich Mirja wecken und das Schauspiel mit ihr teilen. Dann könnte ich ihr gleich das rote Fahrrad zeigen, das in manchen Nächten unter Gregors Küchenfenster steht. Im Morgengrauen schiebt eine schmale Frau es auf die Straße. Es passt zu Gregor, dass seine Neue bei Wind und Wetter fährt, und bestimmt schläft sie tief und fest und vergisst dabei die Welt.

Weihnachten fahren wir zu meinen Eltern. Den ganzen Tag lassen wir uns von Mirja unterhalten. Erst als sie im Bett liegt, fragt mein Vater: »Wie geht es mit Gregor? Du wirkst gelassen.«

Ich erkläre meinen Eltern, woran es liegen könnte.

»Du schläfst gar nicht mehr?«, fragen sie.

Ich nicke.

»Ist das schlimm?«

Ich zucke mit den Schultern. »Eigentlich nicht.«

»Solange es dir damit gut geht«, sagt meine Mutter, und mein Vater sagt: »Vielleicht ist das heute einfach so.«

Nach meiner Rückkehr gebe ich Mirja an Gregor weiter und

höre endlich auf, mich der Form halber hinzulegen. Stattdessen suche ich im Internet nach neuen Möbeln. Ich sollte etwas verändern, die Wohnung sieht aus, wie Gregor und ich sie eingerichtet haben. Wenigstens ein neues Bett muss ich mir kaufen.

Nach dem dritten Elternabend bin ich plötzlich Elternsprecherin. Nachts erstelle ich Mailinglisten und frage in die Runde, wohin der nächste Wandertag gehen soll. Nur wenige Eltern schicken Vorschläge, ein Vater will in einen Kletterwald, der erst ab acht Jahren freigegeben ist. Ich recherchiere Abenteuergärten und Haftungsformulare, organisiere den Kuchenbasar für das Kinderheim und die Gruselnacht in der Schulbibliothek. Beim Ausflug ins Planetarium höre ich Mirja sagen: »Das hat alles meine Mama gemacht.«

Bald bin ich mit den spanischen Büchern so schnell wie mit den englischen. Bettina und ich telefonieren oft bis in die Nacht. In den Wochen, in denen Mirja bei mir wohnt, steht das rote Fahrrad an festen Abenden im Hof, montags, mittwochs, freitags. Im März fallen die Temperaturen noch einmal unter null, dann kommt der Frühling mit Lindenblüten und viel Holunder. Mirja will neuen Sirup einkochen.

»Das machen wir am Wochenende«, sage ich. »Du darfst wieder rühren.«

»Mit Papa?«

»Papa kocht bestimmt auch Sirup mit dir. In diesem Jahr darfst du zweimal rühren.«

Im Sommer fahren Mirja und ich wieder an die Ostsee. Im Anschluss verreist Gregor mit Mirja, ich weiß nicht, ob die gesamte

Patchworkfamilie dabei ist. Als ich im Schlussverkauf ein Kleid anprobiere, sehe ich, dass die Haut an meinen Oberschenkeln ihre Festigkeit verliert.

»Du hattest übrigens recht«, sage ich zu Bettina, als wir am See liegen. »Es ist gut, nicht mehr zu schlafen.«

Im Herbst fragt Gregor, als ich ihm Mirja bringe: »Hast du Hunger? Ich habe viel zu viel Salat gemacht.«

Ich rechne damit, dass er mir eine Plastikdose füllt. Stattdessen nimmt er einen Teller aus dem Schrank und drückt mir eine Gabel in die Hand. »Fang schon mal an, ich bin gleich wieder da.«

Im Kinderzimmer höre ich Mirja flüstern: »Ich will lieber bei Mama bleiben.«

»Du kannst jederzeit bei ihr klingeln.«

Gregors Küche ist sauber. Nichts liegt herum, so war es auch in unserer Küche. Nur im Spülbecken sehe ich einen Teller und eine Tasse, eine Gabel und ein Messer. Seit Gregors Urlaub steht das rote Fahrrad nicht mehr auf dem Hof, und vielleicht sollte mein Herz jetzt schneller schlagen.

In meine Wohnung bitte ich Gregor bei der nächsten Übergabe nicht, aber bald lasse ich mich wieder zum Salat einladen. Im Winter küsst mich Gregor, anschließend gehe ich sofort nach oben. Als wir im Frühjahr miteinander schlafen, bleibe ich. Die ganze Nacht liegen wir wach. Gregors Haut ist weich wie früher. Er fragt: »Wieso haben wir uns eigentlich getrennt?«

»Weil ich mich heimlich verabschiedet habe.«

»Hast du das?«

»Das hast du gesagt.«

»Und hatte ich recht?«

»Wahrscheinlich schon.«

»Und jetzt?«

»Jetzt macht mir alles weniger Mühe.« Ich erkläre ihm den Grund.

»Du schläfst gar nicht mehr?«

Ich nicke.

Gregor überlegt einen Moment. »Das passt zu dir«, sagt er dann. »Ich habe ein gutes Gefühl. Mirja sagen wir es aber erst, wenn wir uns ganz sicher sind.«

In den ersten Wochen berühren wir uns nur, wenn Mirja schläft. In den Osterferien geben wir sie zu seinen Eltern und proben eine Art Beziehungsleben. Tags übersetze ich, Gregor schreibt seine Artikel, abends gehen wir ins Kino, ins Theater, nachts schläft er, und ich lese oder denke mir Antworten aus. Gregor will alles von mir wissen, wie es mir in jedem Monat ging, wie ich unseren Neuanfang empfinde, und auch wenn ich nichts verschweigen will – vieles weiß ich einfach nicht.

Mirja presst die Lippen aufeinander, als wir es ihr sagen, und verkriecht sich wieder in ihr Schweigen. Gregor will seine Wohnung vorerst behalten und geht doch nur zum Blumengießen nach unten. Zu dritt tragen wir seine Sachen herauf, wir fahren im Sommer ins Riesengebirge und gründen im Herbst eine Kapelle: Ich spiele Gitarre, Gregor pfeift, Mirja tanzt. Als die Linde ihre Blätter verliert, fragt Gregor: »Meinst du, du kannst dich zum Einschlafen zu mir legen?«

Fortan liege ich von elf bis zwölf neben Gregor, den Blick auf die roten Ziffern gerichtet, und dann stehe ich auf und organisiere, übersetze, schmiede Pläne für uns drei. Nacht für Nacht tue ich das, in den Wochen, den Monaten, den Jahren danach, und manchmal betrachte ich einfach die Schatten auf der Tastatur. Im Winter erscheinen sie zeitig, im Sommer spät oder nie.

Boogie

Ich habe Boogie in jener Woche geholt, als die neue Familie in die Nachbarwohnung zog. Eigentlich wollte ich gar nicht ihn, eigentlich war ich schon lange in Gonzo verliebt, einen Labradormischling mit grauem Fell und stolzem Blick. Der Vertrag war unterschrieben, ich hatte ein Halsband, einen Korb und den Vorstellungstermin beim Tierarzt. Dann entdeckte ich Boogie, sah ihn in einem dunklen Winkel des Hundekäfigs hocken, obwohl er genauso gut bei den Katzen, bei den Nagern, selbst bei den Reptilien hätte sitzen können. Boogie besaß den schmalen Körper eines Frettchens und die stämmigen Beine einer Schildkröte, er besaß die platte Schnauze eines Mopses und die Knopfaugen einer Maus, und sein Körper war nur stellenweise behaart, mit hellen Schweinsborsten. Zitternd hockte er in seiner Ecke, die Hunde interessierten sich nicht für dieses absonderliche Wesen. Nein, es war schlimmer, sie gingen Boogie aus dem Weg, oder nein, es war noch schlimmer, Boogie spürte, dass die Hunde mit einem wie ihm nichts zu tun haben wollten, und versuchte gar nicht erst, sich ihnen zu nähern.

Von einem Moment auf den anderen wusste ich, dass ich Boogie mitnehmen würde, genauso plötzlich, wie ich gewusst hatte, dass Henning und ich nicht zusammenbleiben würden, wenn er die Stelle in Hamburg antrat, dass wir trotz der langen Jahre unser Leben nicht miteinander verbringen, dass wir keine Kinder bekommen würden. In der kurzen Zeit, die mir mit Boogie blieb, fand ich kaum jemanden, der meine Sympathie für ihn teilte. Die Schwester beim Tierarzt weigerte sich, ihn zu messen und zu wiegen, und der Arzt selbst bedachte ihn mit einem langen Blick und sagte dann, dass er ein Tier einer unbekannten Art nicht einfach in seine Praxis aufnehmen könne. Im Grunde müsse er »diesen Boogie« sofort dem Gesundheitsamt melden, aber wenn ich die Praxis schnell wieder verließe, würde ich ihm diesen Anruf und uns beiden eine Menge Papierkram ersparen. Elke aus dem ersten Stock biss sich bei Boogies Anblick auf die Lippen, und Yvonne aus dem dritten Stock fragte mich: »Hält man Chinchillas nicht besser in Käfigen?«

»Das ist kein Chinchilla«, sagte ich.

»Was soll es sonst sein?«

»Ich weiß es nicht. Ich weiß nur, dass ich Boogie unbedingt mitnehmen musste.«

»Dieses Ding hast du freiwillig aufgenommen?«

Aber das war schon später. Erst einmal ließ ich im Tierheim den Vertrag auf Boogie umschreiben. Der diensthabende Pfleger schien zu überlegen, ob er auf den üblichen fünf Kennenlerntreffen bestehen sollte, von denen ich mit Gonzo bereits vier absolviert hatte. Dann winkte er ab und wünschte mir mit Boogie alles Gute.

Es war August oder September, und die Sonne brannte vom Himmel, als ich Boogie nach Hause trug. Es muss sogar genau der

Tag gewesen sein, an dem die neue Familie einzog. Zwei Möbelträger lehnten an der Hauswand und verfolgten meine Schritte, zwei weitere trugen eine Anrichte nach oben, die furchtbar schwer aussah. Den ganzen Nachmittag stiegen die Möbelträger treppauf und treppab, und auch als sie verschwunden waren, riss der Lärm nicht ab. Ich hörte, wie nebenan Möbel verschoben wurden, ich hörte das Surren eines Akkuschraubers, das Jammern eines Kindes und einen lautstarken Streit darüber, ob der Kühlschrank nicht zu schnell mit dem Strom verbunden worden war.

»Du willst natürlich, dass alles sofort fertig ist«, sagte ein Mann. »Das geht nicht bei einem Umzug.«

»Typisch, dass du gleich wieder mit einem Generalvorwurf kommst«, sagte eine Frau.

In den frühen Morgenstunden wurde ich von einem Heulen wach. Ich dachte zuerst, dass es aus der Nachbarwohnung käme. Als ich mich aufsetzte, sah ich Boogie. Er stand in seinem Korb, der viel zu groß für ihn war, reckte seinen Kopf dem Fenster entgegen und heulte, wie nur die Fabelwesen heulten, die ich noch aus meinen Kinderbüchern kannte.

»Darf ich mich vorstellen? Ich bin Svenja. Wir sind gestern eingezogen.«

»Und ich bin Peer. Tut uns leid, wenn es in den nächsten Tagen etwas lauter wird.«

»Vielleicht können wir ja bohren, wenn ihr gerade nicht zu Hause seid. Welche Uhrzeit wäre euch am liebsten?«

Svenja hatte ein fein geschnittenes Gesicht und kurze blonde Haare, Peer trug ein verblichenes T-Shirt und eine von diesen teuren Leinenhosen, und ihre Rücksichtnahme passte nicht zu dem Streit, den ich gestern mitangehört hatte. Ich überlegte, was ich den beiden zuerst erklären sollte – dass es in dieser Wohnung kein *ihr* gab oder dass es mir in dieser Woche eigentlich überhaupt nicht passte, weil ich Urlaub genommen hatte, um einen Hund einzugewöhnen, der plötzlich kein Hund mehr war.

»Bohrt, wann ihr wollt«, sagte ich. »Ich bin da nicht so empfindlich.«

»Das ist gut, unsere Tochter ist nämlich ein ziemlicher Hopsefloh.« Svenja und Peer atmeten auf. »Trotzdem – wenn euch etwas stört, gebt ihr Bescheid, versprochen?«

In dieser Woche ging ich mit Boogie nur um die Mittagszeit in den Park, wenn aufgrund der Hitze kaum jemand unterwegs war, und es verstrichen ein paar Tage, bis ich ihn von der Leine ließ. Trotz seiner stämmigen Beine rannte Boogie wie kaum ein anderes Tier. Er rannte so schnell, dass seine Umrisse verschwammen, und dann glich er tatsächlich einem Hund. Sobald andere Spaziergänger auftauchten, hetzte er zu mir zurück und verbarg sich zwischen meinen Füßen, als wüsste er genau, was ich mir wünschte. Auch ich hatte keine Ahnung, was für ein Tier er war, vom Charakter glich er jedoch am ehesten einem Chamäleon, ganz unauffällig, ganz abwarten, zögern, reagieren. Genau wie ich hielt er sich am liebsten in dem kleinen Zimmer mit den Bücherregalen auf, statt in seinem Korb richtete er sich unter meinem Lesesessel ein. Nur bei den Mahlzeiten hatte er seinen eigenen

Willen. Was ich ihm anbot – Hundefutter, Joghurt, geraspelte Möhren –, lehnte er ab, und erst nach ein paar Wochen fand ich heraus, dass er gern Katzenfutter fraß.

In jener Woche hörte ich die Bohrmaschine und den Akkuschrauber, ich hörte das Klappern einer Leiter und die dumpfen Schläge eines Hammers, ich hörte wieder das Kinderjammern, und ich hörte, dass dieses Kind Mila hieß und von seinen Eltern in zärtlichen Momenten »Süßwasserfischin« genannt wurde. Ich hörte, dass Mila das Töpfchen ablehnte und an einem Tag fünfmal gekackt hatte, und ich hörte eine heftige Meinungsverschiedenheit über einen antiken Kleiderschrank, den Peer aus dem Umland holen sollte, worauf er absolut keine Lust hatte. Ich hörte das, wenn ich im Treppenhaus war, und ich war in dieser Woche ständig im Treppenhaus, weil ich für Boogie immer neues Futter besorgte. Diese lautstarken Auseinandersetzungen irritierten mich, oder vielleicht irritierte mich eher, dass ich nicht genau entscheiden konnte, ob Svenja und Peer die Altersschwäche der Wohnungstüren noch nicht bemerkt hatten oder ob es ihnen einfach egal war, dass ihre Diskussionen durchs ganze Treppenhaus schallten.

Yvonne sprach mich zuerst darauf an. Sie und Ties hatten schon im dritten Stock gewohnt, als Henning und ich hier eingezogen waren, und morgens begegneten wir uns manchmal. Längst ging ich wieder ins Institut, ich konnte Boogie ohne Probleme tagsüber in der Wohnung lassen, und meistens nickten Yvonne und ich uns nur zu. An diesem Morgen jedoch, selbst im Treppenhaus war es schon empfindlich kalt, hielt sie mich an und fragte: »Sag mal, diese neue Familie – hörst du die auch so laut?«

Mehr sagte sie nicht, und ich war mir unsicher, ob es ihr um die Lieder ging, die Svenja und Peer im Flur sangen, um die Einkaufslisten, die sie im Flur erstellten, oder um den Krach vom Vorabend, der von Peers Aufstieg in der Firma gehandelt hatte.

»Kommt schon vor«, sagte ich vorsichtig.

»Ich will ja gar nicht zuhören.« Yvonne klang wütend. »Aber gestern habe ich mitbekommen, wie sie zu ihm gesagt hat: ›Wenn ich dich rausschmeißen könnte, würde ich das sofort tun. Leider stehen wir beide im Mietvertrag.‹ Wenn Ties mir so was an den Kopf werfen würde, wäre ich noch am selben Tag weg.«

In diesem Winter sprach ich mit Elke über Svenja und Peer, ich sprach mit der WG unter mir und mit Herrn Braun aus dem Erdgeschoss, der auf dem Weg zum Trockenboden einen Streit gehört hatte und von mir wissen wollte, ob wir uns um das »kleine artige Mädchen« sorgen müssten. Sogar die Lozinskis fragten mich, wer jetzt eigentlich neben mir wohne. Wir alle sprachen plötzlich viel häufiger miteinander, und deshalb stellte sich schnell heraus, dass nur Svenja und Peer die Fensterbänke im Treppenhaus mit den hübschen Blumentöpfen versehen haben konnten und dass auch die Nikolausüberraschung vor unseren Wohnungstüren von ihnen stammte. Elke und die WG hatten schon Kuchen von Svenja und Peer bekommen, und Herr Braun hatte an der Klinke seiner Wohnungstür dasselbe Vitaminpräparat wie ich vorgefunden, nachdem er Svenja von seiner hartnäckigen Erkältung erzählt hatte. Wir waren uns einig, dass Svenja und Peer wahnsinnig nett waren, solange sie nicht ihre Wohnung betraten. Kaum wähnten sie sich allein, verwandelten sie sich in Wesen, die nicht mehr von dieser Welt waren, und niemand von uns wusste, ob wir ihnen einen Hinweis geben sollten. Sollten wir ihnen sagen, dass die Wohnungstüren nicht sonderlich gut schlossen und dass wir deshalb im Treppenhaus jedes Wort – wirklich jedes! – hören konnten?

Der Winter war lang, und Boogie fraß von Woche zu Woche weniger. Dafür wuchs ihm ein dichtes graues Fell, das ihn zumindest von weitem wie den Labradormischling aussehen ließ, der an seiner Stelle in dieser Wohnung hätte leben sollen. Im Frühjahr verlor er das Fell wieder, und mit dem Fell verlor er einen Großteil seiner Borsten. Auch als es wärmer wurde, ging ich nur noch selten mit ihm in den Park, einerseits wegen seines zerrupften Aussehens, andererseits wegen der neuen Versuchsreihe am Institut, die mir weder an den Abenden noch an den Wochenenden viel Zeit für ihn ließ. In diesen Wochen hörte ich aus der Nachbarwohnung zum ersten Mal dieses neue Geräusch, ein Würgen, ein Schluchzen. Boogie schrak auf, ich legte meine Hand auf seinen Kopf und murmelte: »Nichts, nichts, das war nichts.«

Das Würgen wiederholte sich. Wir alle mussten es hören, doch wir gingen nicht darauf ein. Lieber redeten wir über das neue Auto, das Svenja im Gegensatz zu Peer kaufen wollte. Wir redeten darüber, dass Peer beim Geschirrspülen nachlässig war, und im Juli redeten wir über den Aushang, den die beiden gemacht hatten: *Sommerfest im Hof! Wann? Wie? Wer ist dabei?* Herrn Braun gefiel die Idee. Als seine Frau noch lebte, sagte er, hatte sie die Hausgemeinschaft auf diese Weise zusammengehalten. Anne aus der WG erzählte, dass sie die Lieder von Svenja und Peer liebte und dass sie nur für die beiden zum ersten Mal in ihrem Leben einen Kuchen backen würde, und die Lozinskis trugen in die Liste *polnische Süßspeise* ein, worauf wir alle besonders gespannt waren.

Am Tag des Sommerfests schien die Sonne. Herr Braun reichte Geschirr aus dem Erdgeschossfenster, er strahlte wie noch nie. Mila fuhr auf ihrem neuen Laufrad herum, Peer trug einen Strohhut, Svenja steckte in einem engen Kleid. Von ihnen ging eine Einigkeit aus, die mich überraschte. Erst da entdeckte ich die Wölbung von Svenjas Bauch, und ich war erleichtert, endlich eine Erklärung für das abendliche Würgen zu bekommen. Vor allem aber war ich erleichtert, dass die beiden immerhin beim Sex diskret genug vorgingen, dass wir anderen im Treppenhaus nicht mithören mussten.

Ich hatte selbstgemachte Limonade dabei, und ich stellte die drei Krüge schnell ab und ging noch einmal nach oben, um Boogie zu holen. Von einem Moment auf den anderen hatte ich gewusst, dass ich ihn nicht mehr verstecken wollte, so plötzlich, wie ich vor einem Jahr gewusst hatte, dass ich ihn mit nach Hause nehmen musste. Es lag am Sonnenschein und an Herrn Brauns Strahlen und an Svenjas Schwangerschaft, und vielleicht lag es auch daran, dass wir alle Svenjas und Peers Einladung gefolgt waren, obwohl wir genau wussten, dass die beiden wie Tiere miteinander stritten. Boogie blieb zunächst auf meinem Arm. Erst nach ein paar Minuten sprang er auf den Boden und tapste um den Tisch herum, von einem Fuß zum nächsten. Yvonne stellte ihre Frage: »Hält man Chinchillas nicht besser in Käfigen?«, und Ties sah mir direkt in die Augen, als er sagte: »Nimm das Vieh weg, ich kann sonst nichts essen.«

Mila dagegen war entzückt. »Der ist ja süß!«, rief sie und ließ ihr Laufrad fallen, auf das sich sofort die drei Lozinski-Mädchen stürzten. »Darf ich den streicheln?«

Bereitwillig hopste Boogie auf die Hand zu, die sie ihm entgegenstreckte.

»Davon wussten wir gar nichts«, sagte Svenja. »Hast du den schon lange?«

»Fast ein Jahr.«

»Wieso hast du das nicht gesagt? Mila liebt Tiere.«

»Was für ein sympathisches kleines Kerlchen.« Peer kraulte Boogie hinter den Ohren.

Mila hielt Boogie den halben Nachmittag auf ihrem Schoß, und Svenja und Peer fütterten ihn mit Apfelschnitzen. Die anderen blieben auf Abstand, nur die Lozinskis waren freundlich genug, um sich nach seinem Namen und seinem Alter zu erkundigen. Boogie schien sich wohl zu fühlen, und mir fiel es unerwartet leicht, mit den anderen über die unterschiedlichen Quadratmeterpreise der einzelnen Wohnungen im Haus zu reden, über die Einkaufsmöglichkeiten im Viertel und über die neue Pizzeria, die vorher ein chinesisches Lokal und davor schon einmal eine Pizzeria gewesen war. Jemand schlug vor, im kommenden Frühjahr hier Tomaten zu pflanzen, ein anderer sagte, dass sich das auch jetzt, im Juli, noch lohne. Zwischendurch fiel einer meiner drei Glaskrüge zu Boden, es war nicht der Moment, in dem Elke sich nach Henning erkundigte.

»Soweit ich weiß, geht es ihm gut«, sagte ich. »Seine Stelle in Hamburg ist zwar stressig, aber genau das wollte er.«

Ich verstand nicht gleich, was genau sich nach dem Sommerfest änderte. Nach wie vor schallten Svenjas und Peers Stimmen durchs Treppenhaus. Doch niemand schien ihre Auseinandersetzungen mehr zu erwähnen, und ich dachte zunächst, dass wir den beiden mehr durchgehen ließen, jetzt, da sie ihr zweites Kind erwarteten. Erst über die Wochen bekam ich mit, dass die anderen durchaus noch über Svenja und Peer sprachen. Nur mit mir sprachen sie nicht mehr, selbst die Lozinskis grüßten mich weniger freundlich als zuvor. Manchmal störte mich das, aber wenn ich Mila und Boogie im Hof herumtollen sah, konnte ich es vergessen. Seit dem Sommerfest holte Mila ihn regelmäßig ab, und ich lernte Boogie von einer ganz neuen Seite kennen. Ich hatte ihn immer nur durch den Park laufen lassen, Mila dagegen ließ Boogie auf einem Seil balancieren und mit ihrem Laufrad fahren und bis zu Herrn Brauns Fensterbrett springen. Boogie war unheimlich geschickt, und wenn ihm ein neues Kunststück gelungen war, gab er ein Keckern von sich, so als würde er aus voller Kehle lachen.

Diesmal verlor Boogie schon im Herbst seinen Appetit, und mit dem Appetit verlor er das Interesse an Milas Spielen. Seine Augen wurden glasig, ihm gingen die restlichen Borsten aus, und als ich an seinem nackten Bauch einen heißen Klumpen entdeckte, ging ich mit ihm doch wieder zum Tierarzt. Diesmal war der Arzt freundlicher, er suchte Boogies Haut nach Zeckenbissen ab, erkundigte sich nach den anderen Tieren im Hof und empfahl kalte Waschlappen, wenn mir sein Körper allzu heiß vorkam. Die Waschlappen benötigte ich schon am folgenden Tag, und ich nahm die restliche Woche frei, um bei Boogie bleiben zu können. An einem Tag schien das Fieber trotz der Waschlappen nicht mehr zu sinken, und Boogie zog sich in seinen Korb zurück. Er lag dort, ohne sich zu regen, und in seinen Knopfaugen las ich die Bitte, ihn allein zu lassen – sein erster eigener Wunsch, aber vielleicht war auch das wieder nur mein Wunsch: in diesem Moment nicht bei ihm sein zu müssen. In der Nacht hörte ich ihn wieder heulen, viel leiser als im Jahr zuvor, und als ich am Morgen nach ihm sah, lag neben ihm im Korb ein Ei. Seine Schale war golden, es war unerwartet leicht und fast so groß wie meine Faust. Mit der Schnauze schob Boogie es in meine Richtung. Das Ei kam mir ungemein wertvoll vor, und doch wusste ich nichts damit anzufangen. Ich legte es vorerst in den Kühlschrank, weit nach hinten und nicht in die Tür, wo es sicher schnell verdarb.

Boogie wuchsen keine neuen Borsten, aber sein Fieber sank, und er begann wieder zu fressen. Ich wollte schon nebenan klingeln und Mila sagen, dass sie Boogie wieder springen lassen konnte. Svenja kam mir jedoch zuvor. Eines Abends stand sie vor meiner Tür und sagte: »Tut uns leid, wenn es in den nächsten Tagen etwas lauter wird. Wir fangen morgen an, unsere Kisten zu packen.«

»Ihr zieht schon wieder aus? Wird es zu viert zu eng?«

»Das ist es nicht.« Svenjas Bauch war riesig, und es kam mir aberwitzig vor, in diesem Zustand umzuziehen. »Diese Wohnung war von vornherein eine Zwischenstation. Wir haben nur darauf gewartet, dass unser Hausprojekt fertig wird. Dort bleiben wir hoffentlich länger.«

Am Abend vor ihrem Auszug luden Svenja und Peer alle Nachbarn ein, um zu verschenken, was sie nicht mitnehmen konnten. In dem kleinen Zimmer, in dem bei mir die Bücherregale standen, warteten auf uns zwei Stühle, etwas Geschirr und ein großer Wäschekorb mit Klamotten. Auch die schwere Anrichte war dabei, Yvonne und Ties schleppten sie in ihre Wohnung. Ich nahm nur einen Krug mit als Ersatz für den, der beim Sommerfest zersprungen war. Er war staubig, und nachdem ich in meine Wohnung zurückgekehrt war, spülte ich ihn gleich und stellte ihn zu den beiden anderen Krügen in den Schrank. Boogie lag schon unter dem Lesesessel, ich konnte nicht schlafen. Ständig hörte ich etwas von nebenan, ein Klopfen, ein Scharren, schon wieder die Toilettenspülung. Im Morgengrauen stand ich auf, nahm das Ei aus dem Kühlschrank und klingelte nebenan. Peer öffnete mir, er wirkte weder müde noch sonderlich überrascht.

»Das hat Mila bei mir vergessen«, sagte ich.

»Das gehört Mila? Bist du sicher?«

»Es ist sehr zerbrechlich.« Ich hielt ihm das Ei hin, und weil er keine Anstalten machte, es mir abzunehmen, legte ich es einfach in seine Hand.

Als ich am Abend aus dem Institut kam, war schon alles vorbei. Nach ein paar Tagen kam eine Malerfirma, danach stand die Wohnung einige Wochen leer. Schließlich zog Ties nach unten, ohne dass ich irgendwelche Wortgefechte aus dem dritten Stock gehört hätte, und Yvonne redete am Morgen nach seinem Umzug zum ersten Mal wieder mit mir, sie sagte: »Ein bisschen Abstand hat noch niemandem geschadet.«

Ich hörte nur noch einmal von Svenja und Peer, im Winter, kurz nachdem Ties komplett ausgezogen war. Im Briefkasten lag eine Karte. *Jonna ist da!*, stand darauf, und ich ertappte mich dabei, wie ich in die anderen Briefkästen spähte, um herauszufinden, ob Svenja und Peer an alle geschrieben hatten. Unter die üblichen Angaben zu Größe und Gewicht hatte Mila Boogie gemalt, mit seinen Schildkrötenbeinen und seinen Schweinsborsten, mit seinen Mäuseaugen und seiner Mopsschnauze. Boogie fraß zwar wieder gut, ich war allerdings nicht erstaunt, als im Frühjahr sein Fieber zurückkehrte. Diesmal spürte ich keinen Klumpen an seinem Bauch, und diesmal erholte er sich nicht. Er heulte diesmal auch nicht, er hörte einfach auf zu atmen. Erst als ich in einer kühlen Mainacht im Park ein Loch aushob, fiel mir auf, dass ich ihn nie fotografiert hatte, kein einziges Mal. Den Korb und die anderen Utensilien hatte ich schon ins Tierheim gebracht, vielleicht konnte sie noch jemand gebrauchen, und so war das Einzige, was mir von Boogie blieb, die ungeschickte Kinderzeichnung unter dem Foto eines Babys, das ich niemals im Leben kennenlernen würde.

Die Autorin dankt dem Heinrich-Heine-Haus Lüneburg, dem Künstlerdorf Schöppingen, der Kulturstiftung des Freistaats Sachsen und dem Literarischen Colloquium Berlin für die Unterstützung der Arbeit an diesem Buch. Ein herzlicher Dank geht an Moni und David.

Katharina Bendixen
Gern, wenn du willst
Erzählungen
120 S., 14.80 €, TB
ISBN 978-3-940691-65-1
poetenladen Verlag

Hingetuschte Lebensverunsicherungen sind diese kunstvoll verdichteten Kleintexte. Trotz seiner Empfindlichkeitsemphase sollte man diesen Band auf keinen Fall als Befindlichkeitsprosa missverstehen. Vielmehr produziert Bendixen sprachliche Hologramme.
Frankfurter Allgemeine Zeitung, Katharina Teutsch

Bendixen erzählt knapp und sehr genau. Sie beeindruckt, während jede Geste – ein Daumen, eingehakt in eine Gürtellasche – Bedeutung birgt, mit stilistischer Leichtigkeit. Sie muss an keinen Ort gelangen, zu keinem Gefühl, in keine Katastrophe führen. Denn es ist alles längst da.
Leipziger Volkszeitung, Janina Fleischer

Katharina Bendixen
Ich sehe alles
Roman
160 S., 18,80 €, HC
ISBN 978-3-940691-77-4
poetenladen Verlag

Wie Katharina Bendixen es schafft, uns in diese Gedankenwelt zu ziehen, das ist wirklich große Kunst. Das macht auch das Lesevergnügen aus. Und das macht sie mit ganz sparsamen Mitteln mit einer klaren, präzisen und unglaublich eindringlichen Sprache
radio eins, Marion Brasch

Ein junges Mädchen kommt in Ungarn an, um als Aupair auf das Kind einer deutschen Familie aufzupassen. Doch das Kind will nicht essen, der Freund ruft nicht an, und in der fremden Stadt nehmen politische Unruhen zu. ... In ihrem Romandebüt erzählt Katharina Bendixen genau und mit untrüglichem Instinkt von den Konflikten eines Lebens in der Fremde – ein gelungenes Lehrstück in Sachen Selbstwahrnehmung.
WDR, Bettina Hesse

poetenladen

Erste Auflage 2019
© 2019 poetenladen, Leipzig
Alle Rechte vorbehalten
ISBN 978-3-940691-97-2

Illustration und Umschlaggestaltung: Miriam Zedelius
Druck: Pöge Druck, Leipzig
Printed in Germany

Poetenladen, Blumenstraße 25, 04155 Leipzig, Germany
www.poetenladen-der-verlag.de
verlag@poetenladen.de